환생왕

ORIENTAL FANTASY STORY & ADVENTURE

요도 김남재 신무협 장편소설

dream
books
드림북스

환생왕 10

초판 1쇄 인쇄 2020년 11월 6일
초판 1쇄 발행 2020년 11월 20일

지은이 요도 김남재
발행인 오영배
편집 편집부
일러스트 나래
표지 · 본문 디자인 오정인
제작 조하늬

펴낸곳 (주)삼양출판사 · 드림북스
주소 서울시 강북구 도봉로 173
대표 전화 02-980-2112 **팩스** 02-983-0660
편집부 전화 02-987-9393 **팩스** 02-980-2115
블로그 blog.naver.com/dreambookss
출판등록 1999년 3월 11일 제9-00046호.

ISBN 979-11-283-9763-9 (04810) / 979-11-283-9753-0 (세트)

드림북스는 (주)삼양출판사의 판타지 · 무협 문학 브랜드입니다.

환생왕

10

요도 김남재~신무협 장편소설

ORIENTAL FANTASY STORY & ADVENTURE

dream books
드림북스

목차

1장. 소란
— 늦었네

　죽립을 쓴 백아린을 비롯한 단엽과 한천은 계속해서 일
련의 무리를 뒤쫓았다.

　적당한 거리를 둔 채로 사람들 사이에 섞여 따라가는 탓
에 그들이 쫓고 있는 상대들은 지금 상황을 전혀 눈치채지
못하고 있었다.

　여섯 명으로 구성된 그들은 거침없이 마교 외성을 걸으
며 어딘가로 향하고 있었다.

　그런 그들이 멈추어 선 곳은 외성 번화가 안에 자리하고
있는 커다란 다관이었다. 차를 즐기는 사람들이 오고 가는
다관에 들어서는 여섯 사내의 모습을 숨어서 지켜보던 한

천이 코웃음을 흘렸다.

"거참, 숨길 거면 그럴싸하게 해야지. 생긴 거에 안 어울리게 웬 다관이랍니까? 저 얼굴에 다관이라니."

험상궂은 외향과 어울리지 않게, 다관으로 들어서는 그 모습에 한천은 기막혀했다.

거기다가 방금 전까지만 해도 객잔에서 잔뜩 술을 퍼마시던 이들이 아니던가.

그래 놓고 이제 와서 다관이라…….

제법 먼 거리에서 멈추어 선 채로 그들이 들어선 다관 입구를 바라보던 한천이 재차 입을 열었다.

"아마…… 저기겠죠?"

말대로 몇 시진이나 술을 마시던 이들이 다관으로 들어간다는 것 자체가 뭔가 어울리지 않는 상황. 그랬기에 백아린은 짐작할 수 있었다.

그녀가 짧게 답했다.

"아무래도 찾은 것 같은데."

지금 이 세 사람이 뒤를 쫓은 여섯 명의 사내들. 그중 덥수룩하게 턱수염이 난 인물은 다름 아닌 귀문곡의 인물이었다.

중원을 대표하는 네 개의 정보 단체 중 하나인 귀문곡은 현재 악준기의 정보로 인해 천무진의 표적이 되어 있었다.

귀문곡이 십천야와 밀접한 관련이 있다는 사실을 전해 들은 상황에서 백아린이 뭔가를 노리고 이처럼 그 뒤를 따라붙은 것이다.

귀문곡의 본거지를 찾는 건 쉬운 일이 아니다.

그들 또한 쉽사리 모습을 드러내지 않고 최대한 은밀하게 움직이고 있을 테니까.

그리고 설령 찾는다 해도 정보 단체의 특성상 계속해서 본거지를 바꾸는 경우가 많다.

개방의 경우야 구파일방의 하나이다 보니 예외지만 나머지 세 개의 세력들은 오랜 세월 동안 계속해서 거점을 바꾸며 살아왔다.

잘못해서 위치가 노출되었다가는 원한을 지닌 이들에게 노려질 수 있었기 때문이다.

허나 주기적으로 바꾸는 본거지와는 달리 각 지역마다 있는 거점을 옮기는 건 그리 흔한 일이 아니었다. 여러 가지 연락망이 거미줄처럼 복잡하게 연결된지라 지역의 거점들은 쉽사리 옮기기 어려웠던 것이다.

그 같은 여러 가지 이유로 인해 거점을 옮기기 위해서는 복잡한 사전 준비가 필요했고, 바뀌는 기간 또한 상당히 길게 잡을 수밖에 없었다.

벽에 기대어 서 있던 한천이 물었다.

"어떻게 할까요, 대장?"

"어떻게 하긴. 계획대로 움직여."

이미 계획은 모두 세워져 있었다.

방금 전의 무리들이 들어선 다관이 귀문곡의 마교 거점으로 의심되는 상황.

하지만…… 그녀의 목표는 따로 있었다.

바로 귀문곡주였다.

본거지에 숨어 계속해서 몸을 감추고 있을 그를 이쪽에서 찾아내는 건 어려운 일이다. 그랬기에 백아린은 생각을 바꿨다.

찾기가 어렵다면?

스스로 걸어오게 만들면 된다.

그리고 그걸 가능하게 만들기 위해 지금 마교의 거점을 찾아온 것이기도 했다.

백아린은 죽립을 고쳐 쓰고는 앞장서서 걸어 나갔다. 단엽과 한천이 그런 그녀의 뒤를 쫓아 움직였고, 이내 세 사람은 다관의 입구에 도착할 수 있었다.

차를 즐기기에는 다소 늦은 시간이었음에도 불구하고 워낙 큰 다관이었던 탓인지 내부에는 아직 몇몇 손님들이 자리하고 있었다.

세 사람은 성큼 다관 안으로 들어섰다.

그러자 곧장 다관에서 손님을 맞는 어린 소년이 다가왔다.

"세 분이신가요?"

고개를 끄덕인 백아린은 곧장 한쪽을 가리키며 말했다.

"저쪽 자리에 앉아도 되겠니?"

"넵, 물론이죠. 이리로 오세요."

소년은 다관에서 일하는 것이 익숙한지 능숙하게 세 사람을 데리고 백아린이 가리킨 자리로 갔다. 자리에 앉은 그녀는 간단하게 즐길 차를 시켰다.

주문을 받은 소년이 사라질 무렵 백아린은 재차 주변을 확인했다.

다관에 들어오면서부터 확인한 부분이지만······.

'역시 없네.'

방금 전에 걸어 들어온 여섯 명 중 그 누구도 이곳에 모습이 보이지 않았다. 물론 외부가 아닌 내부에 있는 방에서 차를 즐기는 경우 또한 배제할 순 없었지만, 사실 희박한 확률이었다.

백아린이 굳이 직접 자리를 선택한 건 이곳이 여러 가지로 유리한 부분이 있기 때문이었다.

건물을 정면으로 마주하고 있어서 안에서 뭔가 소란이 일면 가장 먼저 확인할 수 있다. 그리고 전체적으로 모든 동선을 눈에 담을 수 있어 만약의 사태에도 빠른 방비가 가능했다.

"여기 차 나왔습니다."

소년이 들고 온 따뜻한 차가 세 사람 앞에 한 잔씩 놓였다. 아무렇지 않게 차를 들어 삼키던 단엽이 표정을 찡그리며 투덜거렸다.

"술을 마시다가 갑자기 차를 마시니 뭔가 좀 이상한데."

"그러게 말이다. 왜 다관에서는 술을 안 팔까?"

아쉽다는 듯 말하는 한천의 모습에 백아린이 기가 차다는 듯 대꾸했다.

"그럼 그게 다관이야? 기루지?"

짧은 말을 던진 그녀는 이내 슬쩍 시선을 돌려 구조를 다시금 확인했다. 지금 들어선 다관 곳곳의 모습과 이곳의 직원들이 오가는 건물도 보인다.

겉모습과 여러 가지 정황을 보며 백아린은 머릿속으로 동선을 짜고 있었다.

그리고 이내 모든 답을 내렸을 때였다.

백아린이 짧게 말했다.

"단엽."

"엉? 왜?"

"네가 그자를 맡아. 좌측으로 가면 될 것 같아."

"내가?"

단엽이 되물을 때였다. 그 물음에는 아랑곳하지 않고 백아린의 시선이 한천에게로 향했다. 그러고는 곧바로 그에게 명령을 내렸다.

"서류들은 부총관이."

의미를 알 수 없는 명령이었지만 단엽이나 한천 모두 백아린의 말뜻을 이해하고 있었다. 사전에 모두 작전을 짜 놓고 온 덕분이다.

하지만…….

"귀찮은 일을 우리한테 다 시키면 넌 뭘 하려고?"

"나야 당연히…… 제일 중요한 일을 해야지."

말과 함께 백아린이 피식 웃음을 흘렸다.

그 제일 중요한 일이라는 것이 무엇인지 알기에 단엽은 고개를 절레절레 저으며 투덜거렸다.

"이거 아무리 봐도 내가 손해 보는 것 같은데…….."

허나 투덜거림과는 달리 단엽은 쥐고 있던 찻잔을 손에서 놓고 자리에서 벌떡 일어났다.

뭐가 더 편한 일이고 아니고를 떠나 이 작전을 지휘하는 건 백아린이다. 그랬기에 그녀의 명령대로 움직여 줄 생각이었다.

물론 단엽이 고분고분 말을 들어준다는 것 자체가 백아린이라는 여인의 실력을 인정했기에 가능한 일이었다.

만약 그렇지 않았다면 결코 이런 명령을 가만히 듣지 않았을 테니까.

"자, 그럼 움직여 볼까나."

길게 기지개를 편 단엽은 아직까지 앉아 있는 한천의 어깨를 툭툭 쳤다. 그러고는 움직이자는 듯 가볍게 고갯짓을 해 보였다.

한천이 자리에서 일어나는 사이 단엽은 막 곁을 지나가는 종업원 소년을 불렀다.

"어이, 소년."

"예?"

"여기 뒷간이 어디지?"

"뒷간은 이 길을 따라 쭉 가시면 됩니다."

"그래? 고맙다."

말과 함께 단엽이 먼저 뒷간이라 말해 준 쪽을 향해 걸음을 옮겼다. 그리고 자리에서 일어난 한천이 백아린과 잠시 시선을 주고받고는 짧게 고개를 끄덕였다.

한천은 곧바로 단엽의 뒤를 따라 움직였고 두 사람의 모습이 시야에서 완전히 사라졌을 무렵이다.

아무렇지 않게 차를 마시며 두 사람의 동선을 머리로 그리고 있던 백아린이 이내 입술에 가져다 대고 있던 찻잔을 천천히 떼어 냈다.

지금쯤이라면 둘 모두가 일차 목적지에 도달했을 게다.

그렇다면 이제부터는 그녀가 움직일 시간이었다.

'그럼 슬슬 시작해 볼까?'

백아린의 눈동자가 그녀가 앉아 있는 곳과는 반대편 쪽에 자리한 화단으로 향했다. 사람들이 위치한 곳과는 다소 떨어진 장소, 그랬기에 더더욱 준비한 일을 벌이기에 용이했다.

탁자 아래로 팔을 늘어뜨린 백아린이 손가락을 가볍게 튕겼다.

딱.

동시에 손가락을 거점으로 피어오른 자그마한 불씨. 그녀는 곧장 내력을 실어 그 불씨를 반대편으로 날려 보냈다.

보기에는 매우 간단했지만 어마어마한 내력이 없이는 불가능한 신묘한 움직임이었다.

그리고 보일락 말락 한 자그마한 불씨가 목표했던 화단 근처로 떨어지는 바로 그 순간 백아린이 내력을 터트렸다.

화아악!!

볍씨보다도 작았던 불꽃이 갑자기 확 피어오르며 화단을 집어삼켰다. 그렇게 일어난 불길들은 동시에 일사불란하게 퍼져 나가며 주변을 집어삼켰다.

갑작스러운 상황에 다관에 있던 손님들 모두가 놀란 듯 자리를 박차고 일어났다.

"불이야!"

"불이다, 불!"

다관에서 일하는 이들이 놀란 듯 소리를 쳐 대고, 안쪽에서 쉬고 있던 다른 인원들까지 서둘러 바깥으로 뛰어나왔다.

그런 그들을 지그시 응시하던 백아린은 개중에 몇몇 익숙한 얼굴들을 확인할 수 있었다.

아까 전 이곳에 왔던 여섯 명의 사내들 중 일부가 모습을 드러낸 것이다. 그러나 줄곧 감시했던 턱수염을 한 인물은 보이지 않았다.

허나 백아린은 오히려 고개를 끄덕였다.

애초부터 그가 이런 소란에 뛰쳐나올 거라고는 생각지 않았다.

그 턱수염의 사내가 바로 이곳 거점의 수장이었던 탓이다. 그런 임무를 지닌 자가 불이 났다는 소란에 쉽사리 움직일 리가 없었다.

아마도 그가 움직여 나타난다면 그건…… 불이 난 장소가 아닌 중요한 정보들을 모아 놓은 장소여야 옳을 터.

갑자기 피어오른 불길은 거세게 주변으로 퍼져 나갔고,

많은 이들이 그걸 끄기 위해 옆에 있는 연못에서 물을 퍼다 뿌리기 시작했다.

그런 그들을 보며 백아린이 슬며시 다관의 벽에 손을 가져다 댔다.

아직은 이 소란이 끝나지 않길 바랐으니까.

그리고 아직까지도 숨어 있을지 모르는 이곳의 수장을 확실히 움직이게 만들려면 오히려 조금 더 큰 소란을 일으켜야 할지도 몰랐다.

벽에 닿은 손에서 천천히 내력이 뻗어져 나갔다.

일반적으로 백아린의 손바닥이 닿은 곳을 기점으로 벽이 박살 나야 했지만, 그녀는 절묘한 힘의 배분을 통해 그 충격의 위치를 조금 더 옆으로 움직였다.

마치 앞에 있는 물건을 통과하여 뒤편에 있는 것을 파괴하는 격공장(隔空掌)과도 같은 원리로.

완벽하게 의심을 피하기 위한 백아린의 묘수였다.

쩌저적.

귀에 울릴 정도로 커다란 소리와 함께 벽면에 균열이 생기며 곳곳이 무너져 내리기 시작했다. 백아린이 있는 곳과는 다소 떨어진 곳에서부터 벌어지기 시작한 일이었다.

"벼, 벽이!"

놀란 누군가의 외침과 함께 사람들의 시선이 돌아갔다.

곳곳의 벽들이 흉물스럽게 변해 가고 있었다.

소란이 더욱 커져서일까?

건물 안에서 몇몇 인원들이 더 모습을 드러냈는데, 그들은 다관에서 일하는 이들과는 다소 다른 분위기를 풍겼다.

아마도 저들은 귀문곡 소속의 인물들일 것이다.

그리고 소란스러운 무리 사이에는 아까 전 자신들이 미행했던 그들 모두가 자리하고 있었다.

우두머리 사내 하나를 제외하고 말이다.

그 모두를 확인한 백아린이 슬쩍 시선을 돌렸다. 이 소란과는 전혀 상관없어 보이는 안채의 건물들.

백아린은 자신이 해야 할 모든 것들을 끝냈다.

이제부터는 저 안으로 들어간 두 사람의 몫이었다.

그녀가 소란스러운 사람들 사이에 섞이며 속으로 중얼거렸다.

'그럼 뒷일은 두 사람이.'

＊　　　＊　　　＊

바깥에서 울려 대는 목소리들에 사내는 결국 자리에서 벌떡 일어났다.

백아린이 단엽, 한천과 함께 비밀리에 쫓았던 자.

귀문곡의 마교 거점을 맡고 있는 장달(長達)이라는 사내였다. 그가 짜증스레 물었다.

"이게 무슨 소란이야?"

"바깥에 불이 난 모양입니다."

"불이 났다고? 그럼 끄면 되잖아?"

"그게 생각보다 불길이 좀 거세서…… 거기다가 갑자기 외벽에도 균열이 생기며 일부분이 무너져 내린 모양입니다."

"외벽까지?"

술을 잔뜩 마셔서 피곤하긴 했지만…….

장달은 수하에게 말했다.

"뭐 하고 있어? 너도 어서 나가서 돕지 않고."

"지부장님께서는 어쩌시고요?"

"어쩌긴 난 혹시 모르니 창고에 가 봐야지."

아주 만약이긴 하지만 불이 옮겨붙는 불상사는 피해야 했다. 그런 일이 벌어진다는 건 정말 생각만으로도 끔찍할 정도였다.

말을 끝낸 장달은 거처를 빠져나가 뒤편에 있는 샛길을 통해 움직이기 시작했다.

그렇게 곧장 도착한 창고의 입구.

겉으론 수많은 물건들을 놔두는 그냥 평범한 창고로 보

이지만 사실 이곳은 마교 내에서 오고 가는 의뢰에 대한 정보들을 보관하는 장소였다.

아무렇지 않게 창고의 문을 열기 위해 손을 가져다 댔던 장달은 고개를 갸웃했다.

굳게 닫혀 있어야 할 창고의 문이 열려 있어서다.

그가 짜증스러운 표정을 지어 보이며 중얼거렸다.

"망할 놈의 새끼들. 그렇게 조심하라니까."

수하들 중 누군가가 이 문을 열어 놓았을 거라 생각하며 창고의 문을 옆으로 열어젖힌 바로 그 순간이었다.

창고 안쪽으로 시선이 향하는 것과 동시에 장달의 표정이 딱딱하게 굳었다.

커다란 보따리 안에 종이들을 쓸어 담고 있는 생면부지의 사내 하나가 눈에 들어왔기 때문이다.

그리고 막 문이 열리는 순간 종이를 쓸어 담고 있던 인물 또한 마찬가지로 장달을 향해 시선을 던졌다.

그 사내는 바로 한천이었다.

그렇게 두 사내의 눈이 마주치는 그때.

종이를 쓸어 담던 한천이 고개를 갸웃하더니 가벼운 말투로 말을 내뱉었다.

"어라? 들켰네."

"너 이 새끼 누군데 지금……!"

탁.

막 목소리를 높이려는 그때 장달의 뒤편에서 자그마한
소리가 울렸다.

누군가 위쪽에서 뛰어내려 착지를 하는 소리가 분명했
다. 놀란 장달이 막 고개를 돌리려 할 때 종이들을 담던 한
천이 손을 올리며 상대를 맞았다.

"여, 늦었네?"

웃으며 말을 던지는 한천의 말에 뒤편에 착지한 그 누군
가가 슬그머니 모습을 드러냈다.

불만스러운 표정을 짓고 있는 사내.

단엽이 한 걸음 다가서며 툴툴거렸다.

"망할 새끼가 반대로 빠져나오더라고. 뭐…… 어차피 상
관은 없지만."

말과 함께 단엽은 자신의 주먹을 들어 올렸다.

빠앙!

단 일격.

그걸로 끝이었다.

*   *   *

귀문곡의 마교 지부를 습격한 직후.

백아린은 인적이 드문 한적한 곳에 앉은 채로 여유롭게 시간을 보내고 있었다. 그리고 그런 그녀가 있는 곳을 향해 새카만 그림자 두 개가 다가왔다.

그 그림자의 정체.

바로 단엽과 한천이었다.

두 사람은 각기 커다란 뭔가를 짊어지고 있었는데, 단엽의 등에 매달린 건 귀문곡 마교 지부의 지부장인 장달이었다.

그리고 한천은 장달이 관리하는 그곳에서 훔쳐 온 수많은 서류들이 담긴 봇짐을 둘러메고 있었다.

다가오는 두 사람을 발견한 백아린이 나무에 기대어 앉아 있는 채로 가볍게 손을 들어 올렸다.

"왔어?"

너무도 편안해 보이는 백아린의 모습에 단엽이 그럴 줄 알았다는 듯 불만을 터뜨렸다.

"이봐, 이봐. 우리가 죽을 둥 살 둥 귀문곡 지부를 터는 동안 이렇게 놀고 있을 줄 알았다니까."

"놀고 있긴. 방금 전까지만 해도 얼마나 바빴는데."

말을 마친 백아린은 자리에서 일어나 옷에 묻은 흙을 가볍게 털었다. 그러고는 이내 단엽을 향해 다가가 어깨에 들려 있는 상대를 확인했다.

장달의 상태를 눈으로 본 백아린이 중얼거렸다.

"이거 완전히 맛이 갔는데? 너무 심하게 팬 거 아냐?"

"심하긴. 그냥 한 대 툭 친 것밖에 없는데 이놈이 약한 거지."

"한 대라고 해서 남들 한 대랑 같겠어? 네 한 대면 어지간한 놈이라도 최소 지옥 구경일 텐데."

"이렇게 살려서 데리고 오는 것만 해도 얼마나 힘들었는데. 좀 세게 치면 죽을 거고, 그렇다고 약하게 건드렸다가 소리라도 질러 대면 얼마나 귀찮았겠어."

"뭐 소리를 질러서 일을 귀찮게 만들 바에야 이렇게 된 게 낫긴 하네."

백아린 또한 공감한다는 듯 고개를 끄덕일 때였다.

살벌한 대화 내용과는 달리 마치 오늘 식사는 뭘 할 거냐는 듯이 평온한 태도로 대화를 주고받는 두 사람을 바라보며 한천이 혀를 내둘렀다.

'하여튼 무서운 인간들이라니까.'

한천이 보기에 두 사람은 다르면서도 또 묘하게 비슷한 구석이 많았다.

특히나 가장 닮은 건 바로 일격에 상대를 반죽음 상태로 만들어 버리는 괴력이다. 예쁘장한 얼굴과 그에 어울리지 않는 무식한 힘까지.

잠시 혼절한 장달에게 신경을 쓰던 백아린이 이번엔 시선을 돌려 한천을 바라봤다.

그녀가 물었다.

"잘 확인하고 가져왔지?"

"당연하죠. 정확하게 전부 확인하기는 어려워서 대충 분류된 것을 보고 눈치껏 챙겨 왔습니다."

"그래? 고생했어. 아 참, 그리고 내가 특별히 주문한 뒤처리는?"

"걱정 않으셔도 됩니다. 시키신 대로 완벽히 처리해 뒀거든요."

한천이 호언장담하듯 말했다.

사실 이번 작전의 가장 중요한 부분은 장달을 납치하고, 그곳에 있는 비밀 자료들을 빼 오는 것이 아니었다.

가장 중요한 건 그 이후의 일이었다.

그건 바로 지금 귀문곡 마교 지부에서 일어난 그 모든 사건을 납치된 장달이 벌인 일로 만드는 것.

그러기 위해 거점에 잠입했던 한천은 또 하나의 일을 마무리 짓고 온 상태였다.

또 하나의 일이란 장달의 거처에 들러 그곳에 있던 돈이 될 만한 물건들을 모두 싸 오는 것이었다. 거기다가 장달의 옷을 비롯한 몇몇 가지 생필품들도 챙겼다.

마치 장달이 직접 그걸 챙기고 도망이라도 친 것처럼 말이다.

그 외에도 의심할 만한 수많은 정황들을 지부에 남겨 둔 상황. 그렇다면 이제는 그 의심이 확신이 되도록 기름을 들이붓는 일만 남은 것이다.

그리고·그 일은 적화신루 쪽 사람들이 움직여서 매듭지을 예정이었다.

도망치는 그를 보았다는 가짜 증인과 또 의심할 수밖에 없는 정황들을 만들어 낸다.

그렇게 모든 것이 완벽하게 하나의 큰 그림으로 완성된다면 결국 이번 귀문곡 마교 거점에서 사라진 수많은 의뢰서들과 정보들을 장달이 훔친 것으로 만들어 내는 게 가능하다.

어디 그뿐이랴.

백아린은 거기에서 멈추지 않고 지금 한천이 가져온 귀문곡의 의뢰서들과 정보들을 다른 정보 단체에 조금씩 흘릴 생각이었다.

마치 이 정보들을 장달이 팔아넘긴 것처럼.

그렇게 된다면 귀문곡에 의뢰를 한 이들은 발칵 뒤집힐 수밖에 없다. 분명 대부분이 비밀스러운 의뢰였을 테니 말이다.

정보 단체로서 의뢰에 대한 비밀이 새어 나가는 것만큼 치명적인 일은 없다.

그건 정보 단체에게는 필수적인 신뢰의 문제였으니까.

이 일을 어떻게든 수습하기 위해서는 결국 귀문곡의 가장 위에 자리한 인물, 귀문곡주인 상무기가 나설 수밖에 없었다.

백아린은 이런 방법을 통해 몸을 감추고 있는 그를 끌어낼 생각이었다.

이미 계획은 모두 정해진 상태.

남은 건…….

보다 이 작전을 완벽하게 만들어 그 누구도 의심할 수 없도록 만드는 것뿐. 그리고 그러기 위해서는 적화신루뿐만이 아니라 천무진과 소교주 악준기 또한 바삐 움직여 줘야 했다.

백아린이 하늘을 슬쩍 올려다보며 중얼거렸다.

"한동안 꽤나 바빠지겠네."

*　　　*　　　*

"교주님께서 뵙기를 청하십니다."

교주전에서 날아든 갑작스러운 연락.

허나 천무진은 동요하지 않았다. 이미 어느 정도 이런 연락이 올 것을 예상하고 있었기 때문이다. 다만 그 시기가 생각보다 조금 일렀다.

오늘은 마교 내성으로 들어선 지 갓 나흘째 되는 날이었으니까.

준비한 작전들의 밑 작업이 한창일 때긴 했지만…….

'뭐, 상관없지.'

어차피 일을 시작하기 전에 한 번쯤은 교주 악자헌을 직접 만나 보고 싶었다. 그를 만나고, 조종당하고 있는 상태 또한 확인할 생각이었다.

천무진은 자신을 찾아온 교주전 사람에게 물었다.

"시간은?"

"오늘 저녁 만찬에 초대하고 싶으시답니다. 괜찮으시다면 그대로 진행해도 될는지요?"

"그렇게 해."

"예, 그럼 교주님께 뜻을 전달하고 저녁 시간에 맞춰 이곳 귀림원으로 사람을 보내도록 하겠습니다."

말을 마친 교주전의 인물은 포권을 취해 보이며 그대로 물러났다.

그가 사라지고 얼마 되지 않아 백아린이 안으로 걸어 들어왔다.

그녀를 확인한 천무진이 먼저 말을 걸었다.

"왔어?"

"방금 전에 교주전에서 사람이 왔다면서요? 무슨 일이에요?"

"날 저녁 만찬에 초대하겠다더군."

"그래요? 그래서 대답은요?"

"가겠다고 했지. 피할 이유가 없을뿐더러, 오히려 한 번 만나 보고 싶었거든."

천무진의 대답에 백아린은 고개를 끄덕였다.

일행 중 유일하게 천무진의 비밀을 아는 그녀다. 그랬기에 백아린은 천무진이 어떠한 생각으로 교주를 만나고 싶어 하는지 알 수 있었다.

저번 생에서의 자신과 같은 삶을 살고 있는 교주 악자헌.

천무진은 그를 통해 과거 자신의 모습을 일부나마 확인하기를 바랐다.

그리고 꼭 그것이 아니더라도 일을 진행하기 전 현재 교주의 상태를 확인해 보고도 싶었다.

백아린이 물었다.

"혼자 갈 생각이에요?"

"단엽하고 함께 갈까 싶어."

"단엽이요? 제가 낫지 않겠어요?"

아무래도 천무진의 사정을 아는 자신이 조금 더 낫지 않을까 싶어서 한 말에 그는 고개를 저었다.

천무진이 자신의 생각을 밝혔다.

"당신을 괜히 노출시키는 건 우리 쪽의 손해니까. 굳이 가진 패를 다 보여 줄 필요는 없지. 어차피 단엽이야 잘 알려진 인물이라 드러낸다 해도 크게 의미가 없을 테고."

"흠……."

백아린은 작게 고개를 끄덕였다.

천무진이 하고자 하는 말을 이해했기 때문이다. 함께하지 못하는 것이 다소 아쉽긴 했지만…….

천무진이 다시 입을 열었다.

"일은 어떻게 진행되어 가고 있어?"

"뭐 거의 팔 할 이상은 준비가 끝났다고 보시면 돼요. 그리고 적화신루 쪽 정보로는 현재 귀문곡에서 사라진 장달을 엄청나게 찾고 있다고 하더군요. 그에 대한 가짜 정보들을 흘려 놔서 꽤나 정신없는 모양이에요."

사라진 장달을 이토록 급히 찾는다는 것.

그건 백아린의 계획이 먹혀들었다는 의미였다.

귀문곡 또한 아직 확신까지는 할 수 없겠지만 그에 대한 의심을 하고 있는 건 분명했다.

그 때문에 백아린은 무척이나 바빴다.

장달에 대한 가짜 정보나 정황들을 만들어야 했고, 그것과는 별개로 귀문곡에서 훔쳐 온 의뢰서들을 따로 조사하는 중이었다.

개중에 이용할 수 있는 건 최대한 사용해야 했으니까.

그리고 실제로 그 안에서 제법 쓸 만해 보이는 몇 가지 의뢰들을 발견하기도 했다. 어쩌면 그 의뢰를 한 이들의 발목을 잡을 수 있을지도 모를 만한 그런 것들 말이다.

이토록 많은 일들을 해내는 백아린.

그런 그녀의 노고를 천무진이 모를 리가 없었다.

천무진이 천천히 입을 열었다.

"당신이 고생이네."

그 한마디에 잠시 눈을 동그랗게 떴던 백아린이 이내 배시시 웃었다. 천무진이 하고 싶은 말을 알 수 있었으니까.

"이 정도로 뭘요."

아무렇지 않다는 듯 답하는 백아린.

하지만 어찌 모를까. 그녀가 자신을 위해 얼마나 많은 노력을 하고 있는지를.

그랬기에 다시금 다행이라는 생각이 들었다.

이 여인을 만날 수 있어서.

"아니, 왜 귀찮게 날 데리고 가는 거야."

마차를 타고 이동 중인 단엽이 투덜거렸다.

지금 천무진과 단엽은 교주전에서 보내온 마차를 타고 목적지로 이동 중이었다. 마교 내성 자체가 워낙 컸던 탓에 교주가 있는 곳까지 가는 데만 해도 시간이 꽤나 걸렸다.

그렇게 한참을 달리던 마차의 속도가 점점 잦아들 무렵.

바깥에서 소리가 들려왔다.

"교주님의 손님입니다."

천무진은 마차에 난 창을 통해 슬쩍 바깥의 상황을 살폈다. 천무진을 데리러 왔던 자는 교주전을 지키는 수문 위사와 몇 마디 대화를 나눴다.

사전에 이미 모든 명령이 내려왔음에도 불구하고 다시한번 꼼꼼하게 찾아온 손님을 확인하고 있었다.

그만큼 이곳 교주전이 중요한 곳이기 때문이다.

절차를 끝내고 나서야 교주전의 문이 열렸고, 마차는 그대로 안으로 들어설 수 있었다.

문이 열리며 드러난 교주전 내부의 모습은 굉장히 웅장했다.

마찬가지로 창문을 통해 바깥의 모습을 살피던 단엽이 중얼거렸다.

"살다 살다 교주전에도 다 와 보네."

몇 차례 마교에 왔던 경험이 있는 단엽이지만 아무리 그라고 해도 이곳 교주전까지 출입한 적은 없었다. 교주전은 아무나 드나들 수 있는 곳이 아니었으니까.

오로지 교주의 초대를 받은 극히 일부만이 이곳에 들어올 수 있었다.

더군다나 마교 교주가 누군가와 만나야 하는 일이 있더라도, 어지간하면 다른 장소를 택하지, 자신의 거처인 이곳 교주전으로 부르는 일은 무척이나 드물었다.

천무진은 그처럼 특별한 의미를 지닌 교주전으로 초대받은 것이었다.

밖에서는 빠르게 달리던 마차가 교주전에 들어선 이후부터는 다소 속도를 줄여서 움직이고 있었다.

그렇게 교주전에 들어서고도 반 각 가까운 시간을 움직인 후에야 마차가 멈추어 섰다.

마부 석에 자리하고 있던 사내 한 명이 재빨리 뛰어내려 마차의 문을 가볍게 두드렸다.

그가 말했다.

"목적지입니다."

말과 함께 그가 조심스레 문을 열었고, 그곳을 통해 천무진과 단엽이 바닥으로 내려섰다.

마차에서 내린 두 사람은 자연스레 주변을 한번 둘러봤다.

교주 단 한 명만을 위한 공간인 교주전.

허나 그렇다고 해서 이곳에 있는 것이 교주 하나뿐인 건 아니었다. 입구를 지키는 수문 위사부터 시작해서 이곳까지 오는 내내.

수많은 무인들이 곳곳을 지키고 있었다.

보이는 것만 해도 그 숫자가 꽤나 많긴 했지만…….

'경비가 제법 삼엄하군.'

천무진은 알고 있었다. 눈에 보이는 무인들보다 훨씬 더 뛰어난 실력자들이 곳곳에 몸을 감춘 채로 교주전을 호위하고 있다는 사실을.

단엽 또한 이를 모르지는 않았다.

자리에 가만히 서 있는 두 사람을 향해 이곳까지 안내한 사내가 짧게 말했다.

"이쪽으로."

말과 함께 사내가 먼저 걸음을 옮겼고, 그런 그의 뒤를 따라 천무진과 단엽이 움직였다. 그렇게 교주 악자헌이 있는 곳을 향해 나아가는 상황.

천무진과 단엽은 보이지 않는 일련의 무리가 자신들을 뒤쫓고 있다는 사실을 알았다.

초대받은 손님이라고는 하지만 혹시 모를 일에 대비하기 위해 호위 무사들이 조심스레 뒤따르고 있는 것이다.

그렇게 사내의 안내를 받으며 움직이던 도중 마침내 목적지에 다다를 수 있었다.

교주전 내부에 있는 또 하나의 장원.

그 장원의 입구를 연 사내가 말했다.

"안으로 드시지요. 기다리고 계십니다."

말을 마친 그는 고개를 숙인 채 옆으로 비켜섰다.

이곳부터는 두 사람을 안내해 온 사내조차도 들어갈 수 없었다.

오로지 초대받은 이만이 들어갈 수 있는 공간.

열린 문을 통해 천무진과 단엽이 안으로 들어서자, 뒤편에서 고개를 숙이고 있던 사내가 조심스레 문을 닫았다.

처음 온 장원, 허나 두 사람은 어디로 갈지 고민할 이유가 없었다.

장원에 위치한 커다란 연못.

그리고 그 연못 위에 자리한 정자가 눈에 들어왔다. 허나 그보다 더 시선을 끄는 것은 정자 위에 자리하고 있는 한 명의 사내였다.

멀리에서 보았음에도 불구하고 알 수 있었다.

저 사내가 누구인지를.

절로 사람을 압도하는 강렬한 기세.

마교 교주 악자헌, 바로 그가 그곳에 있었으니까.

'악자헌…….'

잠시 그쪽을 향해 시선을 주던 천무진이 이내 천천히 걸음을 옮겼다.

점점 좁혀지는 거리.

그럴수록 천무진은 묘한 기분이 들었다.

마치…… 과거의 자신과 마주하는 듯한 그런 기이한 기분이.

2장. 밀려오는 위기
— 찾아야 한다

　연못 한가운데 위치한 화려한 정자 위에 앉아 있던 악자헌이 천천히 자리에서 일어났다.

　마교의 교주인 그를 일으켜 세울 수 있는 세상에 몇 안 되는 인물이 지금 눈앞에 나타났으니까.

　악자헌은 무덤덤한 눈으로 정자에 올라서는 두 명의 사내를 바라봤다.

　단엽과는 구면이었던 탓에 악자헌은 둘 중 누가 천무진인지 단번에 알아차릴 수 있었다.

　일어나 있던 악자헌은 앞장서서 다가오는 천무진을 향해 먼저 인사를 건넸다.

"마교 교주 악자헌입니다. 천룡성의 무인을 뵙습니다."

말과 함께 포권을 취해 보이는 악자헌을 향해 천무진 또한 주먹을 말아 쥐며 답했다.

"마교 교주님을 뵙습니다. 천무진이라고 합니다."

두 사람이 인사를 건네고 뒤이어 단엽 또한 악자헌에게 포권을 취했다.

"오랜만에 뵙습니다, 교주님."

"자네는 예전에 봤을 때랑 그대로군. 그런데…… 그건 겉모습뿐인 것 같군그래. 자네 이야기가 아주 자자해. 얼마 전에 혈우일패도(血雨一覇刀)를 꺾었다는 소문도 있던데……."

말을 하는 악자헌이 의미심장한 눈빛을 단엽에게 보냈다.

그런 그의 질문에 단엽은 숨기지 않고 고개를 끄덕였다. 어차피 곧 알려질 일이고, 이미 알면서 이 같은 질문을 던졌을 가능성이 컸기 때문이다.

단엽이 답했다.

"네, 맞습니다. 벌을 줘야 할 이유가 너무 많은 놈이었거든요."

단엽이 움직인 이유야 개인적인 원한으로 누이의 원수를 갚기 위해서였지만, 백아린이 이미 손을 써서 혈우일패도 나환위가 벌인 모든 악행이 세상에 밝혀진 상황이다.

단엽이 그를 쓰러트린 일에 명분을 주기 위해서다.

그랬기에 단순히 개인적인 문제로 만들지 않고 이처럼 대의명분을 언급하고 있는 것이다.

단엽의 대답에 악자헌이 혀를 차며 답했다.

"허어, 대단하군. 아무리 말석에 놓인 자라고는 하나 그래도 우내이십일성으로 불리던 자를 이기다니. 이젠 나도 자네를 그저 후기지수 중 하나로 여기긴 어렵겠군그래."

당연히 나환위를 꺾은 이상 그 자리는 단엽의 것이라 봐도 무방했다.

그리고 악자헌 또한 우내이십일성의 하나라 꼽히는 인물.

분명 우내이십일성 안에서도 수준 차이는 존재했지만 같은 급으로 분류된다는 사실만으로 이제 더 이상 단엽을 그저 젊은 무인으로만 볼 수는 없게 된 것이다.

두 사람이 대화를 나누는 사이, 천무진의 시선이 빠르게 악자헌의 전신을 훑었다.

'……무서울 정도로 멀쩡하군.'

정말 겉모습만으로는 이상해 보일 것 하나 없는 모습이었다.

가벼운 농담과 자연스러운 대화로 이야기를 풀어 나가는

지금 저 모습이 어찌 조종을 당하는 이의 모습으로 보이겠는가.

허나 그렇다고 해도 천무진은 의심을 거두지 않았다. 애초부터 이렇게 외관을 살피는 것만으로 모든 걸 파악할 수 있을 거라 여기지 않아서다.

자신 또한 마찬가지였으니까.

일반적인 몽혼약에 당한 것처럼 그저 단순하게 영혼 없는 인형이 된다고 생각하면 착각이다. 그건 마치 그들이 원하는 대로 움직이는 새로운 인격이 본래의 것을 잡아먹은 듯한 상황이라 해야 정확할 게다.

그랬기에 더욱 문제였다.

차라리 아예 꼭두각시가 되어 버린다면 어딘가 수상쩍게 보일 수라도 있었지만, 이런 경우엔 성격이 조금 변했구나 하는 정도로 치부할 수도 있기 때문이다.

전혀 조종당한다는 느낌이 들지 않는 악자헌의 모습을 보며 천무진은 조용히 입술을 깨물었다.

'나도 이 모습이었겠지?'

조종을 당하며 살아온 십수 년에 달하는 삶.

그때의 모습이 어땠을지 조금은 알 것만 같았다. 웃고 있고, 뭔가를 이야기하고 있지만, 자신의 의지는 남아 있지 않은 행동들.

그것이 얼마나 비참할까?

그리고 또 얼마나 슬플까?

천무진이 의심하기 어려울 정도로 자연스러운 악자헌의
모습에서 과거 자신의 모습을 찾던 그때, 악자헌이 입을 열
었다.

"이런 손님들을 모셔 놓고 자리에 세워 두기만 하다니.
결례를 범했습니다. 어서들 앉으시지요."

악자헌의 말에 천무진과 단엽은 곧장 준비된 곳에 자리
를 잡고 앉았다.

자리에 앉은 두 사람의 앞에 위치한 탁자.

그 위에는 이미 천무진과 단엽이 도착할 시간에 맞춰 준
비해 둔 각양각색의 음식들이 즐비해 있었다.

상다리가 휘어진다는 말이 어울릴 법한 대접이었다.

자리에 앉은 천무진을 향해 악자헌이 말했다.

"무엇을 즐기시는지 몰라 종류별로 준비했습니다. 혹 모
자란 부분이 있다면 말씀해 주시지요."

"이 탁자에 오르지 않은 음식을 찾기가 더 어려울 정도
인데 모자랄 리가요. 충분합니다."

"그리 말씀해 주시니 한결 마음이 편하군요. 자, 그럼 드
시지요."

말을 마친 악자헌은 곧장 옆에 두었던 술병을 들어 자신

의 잔을 채웠다. 그러자 기다렸다는 듯 단엽 또한 옆에 놓인 술을 잔에 따랐다.

단엽은 곧장 술을 입 안에 털어 넣고는 눈을 동그랗게 떴다.

"호오, 보통 술이 아닌데."

"부련주는 생각보다 술을 즐기는 모양이군그래. 단번에 이 북두주(北㞷酒)의 묘미를 알아차리는 걸 보면 말이야."

"이 술 이름이 북두주입니까? 꽤나 좋은 술이군요."

단엽은 말을 끝내기 무섭게 재차 잔에 술을 채워서는 들이켰다.

유쾌한 표정으로 잔에 술을 채우는 단엽을 잠시 응시하던 악자헌의 시선이 이내 천무진에게로 향했다.

오늘 이 자리에 두 사람이 오긴 했지만, 사실 악자헌이 용무가 있는 건 천무진 하나였다.

간단한 대화들을 주고받으면서 식사를 이어 가며 때를 기다리던 악자헌이 슬그머니 본격적인 이야기를 시작했다.

"최근 무림맹 쪽에 잠시 계셨다 들었는데 그곳에서의 일은 마무리가 되신 겁니까?"

별 대수롭지 않은 질문일 수도 있었다.

하지만 여태까지 주고받았던 가벼운 대화와는 달리 천

룡성의 무인으로서 천무진이 벌인 활약과 관련된 질문이었고, 그것이 어떠한 의미인지는 바로 알아차릴 수 있었다.

어차피 환영의 의미만 지닌 자리가 아님을 알고 있던 상황.

악자헌이 정말로 조종을 당하고 있는 것이 확실하다면 이것은 천무진에게서 뭔가를 캐내고자 함이 분명했다.

그랬기에 천무진은 최대한 두루뭉술하고, 의중을 파악하기 힘든 답변을 내뱉었다.

"확신하긴 어렵군요. 추후를 지켜봐야 할 일인지라."

"흐음, 그렇다면 역시 본 교에 오신 것도 뭔가 이유가 있으시겠군요?"

악자헌이 자연스레 질문의 방향을 돌렸다.

허나 이 또한 천무진은 애매한 답변을 남겼다.

"뭐…… 찾고 있는 게 좀 있어서 말입니다."

"찾고 있는 것이요?"

"오래된 기억이랄까요."

뜻 모를 그 말에 악자헌은 잠시 멈칫했다.

여러 가지 의미로 대화를 이어 가기 힘든 대답이었다. 애초에 의미하는 바도 유추하기 어려웠고, 기억이라는 말로 개인적인 문제처럼 느껴지게 만들어 더는 캐묻기 어려워진 것이다.

말을 끝낸 천무진은 앞에 놓인 술잔을 입가로 들어 올리며 맞은편에 자리한 악자헌의 표정을 살폈다.

아무런 말도 하지 않는 그를 보며 천무진은 술잔으로 입가를 가린 채 슬쩍 웃음을 흘렸다.

'나에게서 뭘 캐내는 건 불가능할 거야. 만약에 오늘 이 자리에서 뭔가를 얻어 가는 자가 있다면…… 아마도 그건 나일 테니까.'

설령 가식뿐인 자리라 할지라도 어차피 한 번은 가져야만 했던 만남이다. 양쪽 모두 서로에게 패를 보일 리 없는 상황, 이렇게 형식적인 만남으로 끝날 공산이 컸다.

허나 상관없었다.

서로 아무것도 얻지 못한다면 그것 또한 천무진에겐 이득이었으니까. 이번 만남을 통해 천무진이 원했던 건 조종당하고 있을 거라 판단되는 교주 악자헌의 모습을 한 번 보는 것뿐이었다.

정작 중요한 계획들은 이미 물밑에서 모두 시작된 상황이었기에 필요한 건 시간이었다.

지금 천무진이 맡은 역할은 이렇게 직접적으로 시선을 잡아끌며, 뒤편에서 벌어지는 일들을 눈치채지 못하게 하는 것이었다.

그리고 그걸 위해 지금도 백아린은 바삐 움직이고 있을

터다.

천무진은 눈앞에 있는 악자헌을 조용히 응시했다.

허나 지금 그의 눈이 쫓고 있는 건 악자헌의 모습이 아니었다.

그의 뒤에 숨어 있을 진짜 적.

십천야, 이번엔 자신이 어둠 속에 있는 그들을…… 끄집어내고야 말 것이다.

천무진이 부드럽게 미소를 지으며 입을 열었다.

"음식 맛이 좋군요."

*　　　*　　　*

십천야의 일원이자, 정보 단체인 귀문곡의 수장인 상무기의 표정은 무척이나 좋지 못했다.

며칠 전 마교 내에 있는 귀문곡 거점에 큰 문제가 생겼기 때문이다.

갑작스러운 화제와 외벽의 붕괴.

허나 그건 아무것도 아니었다.

가장 큰일은 그런 혼란 속에서 거점의 우두머리였던 장달이 사라진 것이다. 그것도 중요한 의뢰서들과 각종 서류, 그리고 꽤나 많은 양의 재물을 가지고.

처음엔 말도 안 되는 일이라 여겼다.

하지만 이내 장달에 관한 정보들과, 수상쩍은 정황들이 속속들이 들어오기 시작했다. 그것들을 종합해 본 결과 자연스레 장달의 행동에 의심이 갈 수밖에 없었다.

사라진 재물은 아무래도 상관없었다.

허나 지금 상무기를 조급하게 만드는 건 다름 아닌 의뢰서, 그리고 의뢰에 맞춰 조사한 보고서들이 사라졌다는 부분이었다.

만약 이러한 일이 소문이라도 난다면…… 귀문곡은 씻을 수 없는 타격을 입게 된다.

상무기가 앞에 부복하고 있는 수하를 향해 짜증스레 말했다.

"환장하겠군. 아직도 못 찾았단 말이냐?"

"죄, 죄송합니다. 분명 꼬리를 잡았는데 갑자기 모습을 감추는 바람에……."

"그게 말이나 되는 소리야?"

곧 잡을 수 있을 것 같다는 보고가 올라왔기에 내심 안도하고 있던 상황이었다. 그런데 갑자기 그를 놓쳤다고 하니 절로 울화통이 치밀 수밖에 없었다.

막 화를 쏟아 내고 있는 그때였다.

"곡주님!"

다급한 목소리와 함께 바깥에서 수하 하나가 방 안으로 뛰어 들어왔다.

그런 수하의 모습에 상무기가 욕설을 토해 냈다.

"망할! 지금 이야기하고 있는 거 안 보여? 새끼가 어딜 이렇게……."

눈을 부라리는 상무기에게서 진득한 살기가 쏟아져 나왔다. 그런 그의 모습에 막 뛰어 들어왔던 수하는 움찔할 수밖에 없었다.

당장이라도 자신을 찢어 죽일 것처럼 노려보는 서늘한 눈빛을 마주하고 있자니 서둘러 입을 움직일 수밖에 없었다.

"그, 급히 전해야 하는 보고입니다."

수하의 말에 상무기가 몸을 돌려 그에게 성큼 걸어갔다. 이를 꽉 깨문 그가 허리춤에 차고 있는 검을 뽑아 들었다.

스르릉.

움찔하며 뒷걸음질 치는 수하를 향해 상무기가 차갑게 말했다.

"어디 한번 지껄여 봐. 그게 네놈이 지금 이 자리에 뛰어들 정도로 급한 일이 아니라면 죽을 각오를 해 두는 게 좋을 거야."

만약에 그 보고라는 것이 같잖은 것이라면 화를 솟구치게 만든 것에 대한 죗값을 톡톡히 치르게 만들어 주겠다는 듯 경고를 하는 상무기를 향해 수하가 조심스레 답했다.

"사, 사라진 의뢰서의 내용이 흘러나왔답니다."

"……뭐?"

수하의 말을 듣는 순간 상무기가 움찔했다.

그가 가장 염려했던 상황이 무엇인가? 당연히 비밀에 부쳐져야 할 의뢰에 관한 내용이 세상에 드러나는 것이다. 그렇게 된다면 신뢰가 바닥으로 떨어지는 건 물론이거니와, 그 의뢰를 한 이들 또한 문제가 생길 공산이 크다.

간단하게 말해 누군가에 대한 뒷조사를 의뢰했다 치자. 당연히 그 비밀이 바깥으로 새어 나간다면 뒷조사를 의뢰했던 이는 곤혹스러울 수밖에 없다.

그런데 이건 약과였다.

귀문곡은 휘하에 귀살(鬼殺)이라는 살수 단체를 운영하고 있다. 당연히 이들이 하는 일은 사람을 죽이는 암살이고, 관련 의뢰 또한 이루어지고 있었다.

그런데 이런 의뢰의 주인이 누구고, 누굴 표적으로 했는지가 밝혀진다?

과연 어떻게 되겠는가?

놀란 듯 부들부들 떨던 상무기가 다급히 소리쳤다.

"얼마나!"

"현, 현재로서는 십여 건 정도로 파악이 됩니다만, 더 늘어나는 것도 시간문제가 아닐는지……."

"이런 망할!"

욕설과 함께 상무기가 발로 옆에 있는 탁자를 걷어찼다. 그러자 위에 자리하고 있던 비싼 도자기들이 바닥으로 떨어지며 산산조각이 나 버렸다.

쨍그랑!

허나 그에 아랑곳하지 않고 상무기는 검을 쥔 반대편 손으로 이마를 감싸 안았다.

상무기가 물었다.

"설마 귀살의 의뢰까지 샌 건 아니겠지?"

"그, 그것이……."

머뭇거리는 수하의 모습.

그것으로 이미 대답은 들은 거나 다름없었다.

"크윽!"

상무기는 표정을 와락 구기며 짧은 신음 소리를 토해 냈다. 머리가 아파 왔고, 주체하기 힘들 정도로 화가 치밀어 올랐다.

그가 그 상태로 물었다.

"귀살의 의뢰를 제외한 것들 중에 큰 문제가 될 만한 건

수는 뭐지?"

"대교방(大蛟幇)과 마교 무인인 혈인귀(血人鬼)의 의뢰가 큰 건수로 확인됩니다. 그런데 다행히 이 의뢰에 대해서는 아직 완벽하게 알려지지 않았습니다. 그저 의뢰를 했다는 사실 정도만 퍼졌고, 내용은 아직까지 알려지지 않았다고 합니다."

수하의 설명에 상무기는 의아한 표정을 지어 보였다.

대체 왜 의뢰를 한 사실만 퍼지고, 정작 중요한 의뢰 내용에 대한 것은 알려지지 않은 걸까?

상무기가 물었다.

"의뢰 내용은?"

"대교방은 세력을 넓히기 위해 다른 지역에 터를 잡고 있는 가문의 약점에 대해 의뢰를 했고, 혈인귀는 숨겨진 아들에 대한 건입니다."

이야기를 듣고 있자니 절로 한숨이 나왔다.

마교에 소속된 세력인 대교방도 그렇고 혈인귀 또한 쉽사리 대할 수 있는 상대가 아니었다. 그런 둘의 비밀스러운 일들이 바깥으로 흘러나왔으니…….

그때 바깥에서 다급한 목소리가 들려왔다.

"고, 곡주님! 급한 정보입니다."

그 외침에 상무기는 절로 안 좋은 일이 벌어졌음을 직감했다.

"뭐야 또?"

물어 오는 질문에 서둘러 안으로 들어선 다른 수하가 입을 열었다.

"대교방의 방주가 이번 일로 인해 노발대발하며 저희 쪽에 항의를 하고 있다고 합니다. 어떻게 처리를 해야 할지……."

수하의 말에 상무기의 표정이 딱딱하게 굳었다.

그가 믿기지 않는다는 듯 말했다.

"어떻게 이 사실이 벌써 대교방 방주에게까지 들어갔지?"

정보를 접하고 자신에게 연락을 취하는 데까지 얼마의 시간이 소요되는 것이 정상일 터.

그런데 그 정보를 전달받는 것과 사실을 알고 항의한다는 정보가 겹쳐서 들어왔다.

그 말은 곧 자신보다 대교방이 먼저 이 사실을 알았다는 건데…….

현실적으로 정보 단체인 자신들보다 대교방이 먼저 이 사실을 안다는 것은 이상한 일이었다.

물어 오는 상무기의 말에 수하가 자신이 전해 들은 것에 대해 보고했다.

"그것이 누군가가 대교방에게 직접 이 같은 사실을 전달한 모양입니다. 그러면서 돈을 내지 않으면 의뢰한 내용을 발설하겠다는 겁박을 했다고……."

수하의 말에 그제야 상무기는 알 수 있었다.

왜 의뢰의 내용까지 퍼트리지는 않았는지 말이다.

의뢰자를 협박하려면 당연히 모든 걸 발설해서는 안 될 테니까.

상무기가 입을 열었다.

"설마 장달 그놈이?"

"그럴 가능성도 배제할 순 없지만, 아마 아닌 것 같습니다. 장달이 포착됐던 곳과는 정반대 방향이라서요."

"그 말은 곧…… 한패가 있다?"

의미심장한 말을 내뱉은 상무기는 자신의 방 안을 잠시 서성였다.

'가뜩이나 어르신의 눈 밖에 난 상황에서 이게 무슨 일이란 말인가.'

천룡성과 적화신루에 속한 인물들의 일로 인해 연거푸 어르신에게 질책을 받았던 상무기다. 그런 와중에 이런 일이 벌어지다니…….

만약 제대로 해결하지 못한다면 십천야 내에서 자신의 위치는 너무도 볼품없어질 것이 불 보듯 뻔했다.

'……일이 더 커지기 전에 어떻게든 해결해야 한다.'

지금 흘러나간 열 몇 건의 의뢰만으로도 상무기를 곤혹스럽게 하긴 충분했지만, 그건 앞으로 벌어질 일에 비하면 조족지혈에 불과했다.

만약 사라진 모든 의뢰들이 세상에 밝혀진다면 그땐…….

상무기가 이를 악물었다.

그가 악에 받친 목소리로 수하들을 향해 명령을 내렸다.

"지금 당장 대교방으로 움직여서 겁박을 한 놈에 대해 알아봐. 만약 서찰로 온 거라면 그걸 받아서 오고. 종이의 재질이든, 필체든 뭐든 좋으니 조사하고 또 조사해. 아주 작은 단서라도 얻을 수 있도록 말이야."

말을 끝낸 상무기가 몸을 돌리며 나지막이 말을 이었다.

"……찾아야 한다. 다른 정보가 새어 나가기 전에 어떻게든."

*   *   *

사흘의 시간이 흘렀다.

겨우 사흘이라는 시간이 지났을 뿐이거늘 그동안 상무기는 십 년은 늙은 듯한 기분이었다. 하루에도 몇 번이고 날아드는 의뢰인들의 격한 반발에 뒷수습을 하는 데에만 몸이 열 개라도 모자랄 지경이었다.

허나 아무리 뒷수습을 하려고 한다 한들 이미 벌어진 일을 막을 수는 없었다.

그랬기에 결국 그 모든 피해는 오롯이 자신이 책임져야 할 일이었다.

그런 지금 상무기가 할 수 있는 최선의 일은 추가적으로 벌어질 수 있는 피해를 막는 것뿐이었다.

당연히 그를 위해 많은 인력이 투입되었고, 여러 가지 정보들이 속속들이 올라오고 있었다.

덕분에 상무기는 몇 가지 사실을 알게 됐다.

예상대로 지금 벌어지고 있는 이 일은 사라진 장딸 혼자서 벌이고 있는 일이 아니었다. 그는 의뢰서와 정보를 가지고 다른 누군가와 함께 움직이고 있는 게 분명했다.

또한 그와 함께 움직이는 대상은 결코 하나가 아니었다. 꽤나 많은 양의 정보들을 처리하고 있는 걸 보아하니 한 명이 아닌 하나의 세력으로 봐야 옳을 게다.

게다가 함께 움직이는 그 세력은 생각보다 정보를 다루는 것이 능숙해 보였다.

그렇다면 과연 누굴까?

이런 식으로 자신들의 정보를 빼돌려서 돈벌이를 하려고 하는 놈들 말이다.

상무기는 슬쩍 자신의 탁자 위에 자리하고 있는 서찰들을 바라봤다.

꽤나 큰 탁자였지만 그 위를 가득 덮을 정도로 많은 양의 서찰들. 그걸 보고 있자니 다시 한번 머리가 지끈거렸다.

이건 다름 아닌 귀문곡에 의뢰를 한 이들의 항의 서신들이었다.

정보가 새어 나갔다는 사실이 드러났으니, 당연히 자신들에게도 문제가 생기지 않을까 걱정을 하고 있는 것이다.

수많은 이들이 귀문곡의 거점을 통해 해명을 요구하는 서신을 남겼다. 그리고 앞으로 어떻게 이 일을 수습할지에 대한 다그침까지.

허나 지금으로선 이 서신에 대한 제대로 된 답신이 어려웠다.

그저 막연하게 곧 해결될 거라며 조금만 기다려 달라는 형식적인 답변을 할 수밖에 없었다.

그렇게 자신의 방에 자리한 채로 표정을 잔뜩 구기고 있는 그때였다.

"어이, 상무기."

들려오는 목소리에 움찔했던 상무기는 이내 입구에 선 상대의 모습을 확인하고는 안도의 한숨을 내쉬었다.

흑풍진천대를 이끄는 대주이자, 마교의 일을 전담하고 있는 십천야의 일원인 양사창이었다.

상무기가 퉁명스러운 목소리로 말했다.

"여긴 어쩐 일이야?"

"어쩐 일은. 알면서 묻는 거냐?"

"어르신이 보내서 온 건가?"

"그럴 리가. 어르신이라면 굳이 나한테 연락을 주지 않고 곧바로 너를 부르셨겠지. 어르신이 나에게 너에 대한 연락을 하셨을 때는 하나야."

말을 마친 양사창은 슬쩍 방 안으로 걸어 들어왔다.

그러고는 이내 상무기의 맞은편에 앉으며 천천히 말을 이었다.

"……널 죽여야 할 때?"

섬뜩한 말을 양사창은 아무렇지 않게 내뱉었다. 그런 그를 상무기가 지그시 노려볼 때였다.

상무기의 어깨를 두드리며 양사창이 너털웃음을 터트렸다.

"하하! 농담이야 농담. 표정하고는."

"시답지 않은 농담은 됐고 찾아온 용건이 뭔데?"

"뭐긴 뭐겠어. 최근 돌아가는 일 때문에 염려가 돼서 찾아왔지."

"걱정할 필요 없어. 잘 해결하고 있으니까."

"정말이야? 그런데 왜 내 귀에 들어오는 소식들은 그 반대인지 모르겠네."

의미심장한 말을 던지는 양사창의 시선을 피하며 상무기가 둘러댔다.

"완전히 해결되고 나서 모두에게 연락을 돌릴 생각이니까. 하여튼 너도 시간이 남아도는 모양이구나. 겨우 이런 일 때문에 날 찾아오고."

"그러게나 말이다. 덕분에 이틀이 훅 날아가 버렸네."

귀문곡의 거점은 마교에서 대략 이틀 정도 걸리는 거리를 두고 위치해 있었다. 물론 이건 양사창 정도 되는 무인을 기준으로 하는 것이다. 보통 사람이라면 이것의 몇 곱절은 되는 시간이 소요될 거리.

이 정도라면 그렇게 멀다고 하기도 애매하지만, 그렇다고 해서 지척도 아닌 적당한 거리에 현재 귀문곡의 본거지가 자리하고 있었다.

그랬기에 의아했다.

양사창은 마교의 많은 일들을 담당하는 십천야다.

그런 그가 이런 식으로 시간을 낭비한다는 것이 뭔가 미심쩍은 구석이 있었다.

주변을 둘러보며 딴청을 부리는 양사창을 향해 상무기가 물었다.

"정말 방금 그 말이나 하려고 찾아온 거야? 다른 건 없고?"

"설마. 내가 얼마나 바쁜데 겨우 너 한번 놀리자고 이곳까지 왔겠어."

"그럴 줄 알았다. 하지 않은 말이 뭔데?"

"정보 단체에 왜 찾아왔겠어. 당연히 의뢰지."

"의뢰를 할 거면 굳이 찾아올 필요는……."

"지금 상황에서 서신이라도 보내라는 건 아니겠지?"

물론 귀문곡의 본거지로 직접 보내면 될 일이긴 하지만, 그럼에도 불구하고 양사창은 직접 걸음을 했다. 서신으로 의뢰를 하는 것이 다소 찜찜하기도 했고, 조금이긴 하지만 현재 귀문곡이 돌아가는 상황을 파악하려는 의중이 있는 것도 사실이었다.

귀문곡은 십천야에게 있어 무척이나 중요하다.

그리고 양사창 또한 수많은 부분에서 귀문곡에 의지하고 있다. 그런 그들의 상태를 알아야 추후 마교의 일들을 처리하는 데 있어 더 나은 선택을 할 수 있었다.

핵심을 찌르는 양사창의 말에 상무기가 침묵하는 사이.

양사창이 말을 이었다.

"너도 알잖아. 마교에 천무진이 나타난 거."

"물론이지. 그런데 그게 왜?"

"아무리 봐도 천무진과 소교주 사이에 뭔가 꿍꿍이가 있는 거 같아서."

"둘이 손을 잡기라도 한 것 같다 이거야?"

"아무래도. 의심 가는 게 몇 가지 있긴 하지만 정확히 뭘 노리고 있는지는 아직 감이 안 온다 이 말이지."

"그래서 의뢰할 게 뭐야?"

"소교주의 주변에서 그를 감시할 인원은 내가 더 충원할 생각이야. 넌 천무진이나 소교주가 벌이는 일에 대해 조사를 좀 해 줬으면 하는데. 작은 일이라도 놓치지 않고 말이야. 거기서 뭔가 단서가 나올 수도 있으니까."

양사창의 말에 상무기가 작게 고개를 끄덕이며 말을 받았다.

"그러지. 우선은 지금 벌어진 일에 내부적으로 인원이 많이 소요되고 있어서, 그걸 끝내는 대로 조금 더 조사를 해 보도록 할게."

"좋아, 그럼 그렇게 알고 있지."

말을 끝낸 양사창이 자리에서 일어났다.

어떻게 시간을 내서 이곳까지 오긴 했지만 양사창은 무척이나 바빴다.

마교에서 벌어지는 수많은 일들을 교주의 뒤편에서 조종하는 것이 그가 맡은 바였다.

거기다가 갑자기 나타난 천무진으로 인해 더욱 주의를 기울여야 하는 상황.

이곳에서 오랜 시간을 보낼 여유가 없었다.

몸을 일으켜 세운 양사창이 짧게 인사를 건넸다.

"나중에 보자고."

말을 마친 그가 사라지고 다시금 혼자 남게 된 상무기의 표정은 무섭도록 진지하게 변해 있었다.

양사창이 했던 말이 머릿속을 헤집고 다녔기 때문이다.

'날…… 죽인다?'

농담이라며 웃었지만, 과연 정말 그렇게 가벼이 치부할 수 있을까?

십천야라는 중요한 위치에 있기에 실수를 했음에도 불구하고 몇 번의 기회를 부여받는 것이지, 실제로 어르신은 결코 이런 걸 두고 보는 이가 아니었다.

농담이라며 내뱉은 그 말이 마치 다음번 실수를 용납지 않겠다는 경고로 들리는 건 왜일까?

시간이 갈수록 점점 초조해지는 마음.

상무기가 자신도 모르게 다리를 덜덜 떨며 그렇게 탁자 위에 자리한 수많은 항의 서신을 멍하니 바라보고만 있을 때였다.

그렇게 약 한 시진 가까운 시간이 흘렀을 무렵.

"곡주님! 찾았습니다!"

방 안으로 들어온 수하의 외마디 고함에 상무기의 표정이 돌변했다.

"찾았다고? 뭘 말이냐?"

"이 일의 배후가 누구인지 알아냈습니다!"

이어지는 보고에 상무기의 얼굴에 화색이 감돌았다.

그가 다급히 물었다.

"배후가 누구더냐?"

"은형방(隱形幇)입니다."

은형방이라는 말에 상무기의 미간이 꿈틀거렸다.

은형방은 귀문곡과 마찬가지로 정보 단체의 하나다. 한때는 꽤나 큰 성세를 유지하며 귀문곡과 함께 마교나 사파의 눈과 귀가 되어 주던 이들이었다.

허나 그 모든 것은 옛말이었다.

귀문곡이 점점 커지는 사이 은형방은 쇠락을 거듭했다. 그로 인해 약 이십여 년 전부터는 귀문곡과 비교조차 할 수 없을 정도로 그 힘이 미약해진 그들이다.

상무기가 눈을 빛내며 물었다.

"증거는?"

"물론 있습니다. 명하신 대로 돈을 요구하기 위해 보냈던 서찰의 종이를 조사했는데, 그것에서 단서가 나왔습니다. 그 종이를 자세히 조사해 본 결과 하원(河源) 지역에서만 자라는 나무로 만들어진 것이라고 하더군요. 그리고 그 인근에⋯⋯."

"은형방이 있지."

수하의 보고를 자르며 상무기가 말했다.

거기다 증거는 그것이 전부가 아니었다.

수하가 곧바로 발견한 다른 것에 대해 설명했다.

"또한 사건이 있기 얼마 전부터 은형방 쪽에서 갑자기 돈을 풀어 이것저것 내실을 다지기 시작했답니다."

"갑자기?"

"네, 특별히 돈 될 만한 의뢰들이 그리 많지 않았을 터인데 갑자기 값비싼 물건들을 마구 사들였다더군요. 거기다가 서찰이 전해진 곳들 인근에서 은형방의 인물로 보이는 이들을 봤다는 정보도 들어왔습니다."

종이 하나만으로도 충분히 의심할 수 있었던 상황이다.

거기다 은형방은 정보 단체.

이미 소문을 퍼트리는 방식을 보며 뭔가 능수능란하게

움직인다 여기지 않았던가. 그 부분에 있어서도 은형방은 적합했다.

거기다 사건이 벌어지기 직전부터 보인 미심쩍은 행동과 서찰이 전해진 장소에 그들의 사람으로 보이는 이들까지 모습을 드러냈다면……?

답은 나온 것이나 다름없었다.

사라진 장달이 언제부터인가 은형방과 모종의 거래를 한 것이 분명했다. 그랬기에 기회를 엿보다가 천룡성이 나타난 지금이 적기라 여기고 이런 식으로 일을 벌인 게 틀림없었다.

귀문곡에게 밀려 많은 걸 잃은 은형방의 입장에서, 자신들은 눈엣가시나 다름없었다.

그런 와중에 귀문곡을 무너뜨리면서 돈도 얻을 수 있는 비책이 있었으니 그들로서는 이런 일을 벌이는 것이 당연할지도 몰랐다.

상대가 은형방이라는 사실을 알자 안도의 한숨이 터져 나옴과 함께 분노가 치밀어 올랐다.

주먹을 움켜쥔 상무기가 이를 부득부득 갈았다.

"감히 은형방 따위가……."

은형방은 귀문곡의 상대가 아니었다.

하지만 지금으로선 그들이 엄청난 위협인 건 사실이었

다. 그들이 절대 세상에 알려져선 안 될 귀문곡의 의뢰서들을 손에 쥐고 있기 때문이다.

그랬기에 어중간하게 건드렸다가는 도리어 같이 죽자는 식으로 달려들 수도 있다.

이런 상황에서는 확실한 한 방이 필요했다.

단번에 그들의 숨통을 끊지 않는다면 결국 그들은 귀문곡에게 타격을 주고야 말 것이다.

생각의 정리를 끝낸 상무기가 물었다.

"지금 현재 바로 움직일 수 있는 귀살의 인원이 얼마나 되지?"

"바로라면……."

수하는 곧장 계산에 들어갔다.

귀살은 대략 백여 명으로 구성된 살수 집단이다.

그들은 살수들의 실력을 세 개로 나누어 불렀는데, 이급과 일급, 그리고 특급으로 분류했다.

이급 살수는 육십 명, 일급 살수는 삼십 정도였고 특급으로 분류되는 이들이 나머지 열 명이었다.

잠시 생각하던 수하가 이내 말했다.

"이급 이십, 일급 열여섯, 특급 다섯 명 정도 가능합니다."

숫자를 듣는 순간 상무기가 의아한 표정을 지어 보였다.

그 숫자가 생각보다 적기 때문이었다. 물론 바로 움직여야 하는 상황이다 보니 다른 지역으로 가 있는 이들은 제외해야 했지만, 그렇다고 해도 그 숫자가 다소 적었다.

그랬기에 상무기가 물었다.

"왜 이렇게 적어?"

"얼마 전에 의뢰들이 몇 건 동시에 들어오지 않았습니까. 그래서 그쪽에 투입되는 바람에 지금은 이 정도밖에 없습니다."

"끄응, 그랬지 참."

꽤나 큰 의뢰들이 들어와 그것을 수행하기 위해 움직인 수하들 때문에 지금으로써는 이것이 최선의 병력이었다.

그랬기에 고민이 됐다.

'사십 명 정도라…… 조금 애매한데.'

은형방 또한 어느 정도 무력을 지니긴 했지만, 이 사십 명의 살수라면 그들을 정리하는 건 무리가 없었다. 허나 문제는 은형방이 아니었다.

은형방의 뒤에는 군마련(群魔聯)이라는 이름의 사파가 자리하고 있었다. 조심해야 할 정도의 큰 사파 세력은 아니었지만 그래도 이들까지 합세한다면 계산이 조금 복잡해진다.

그리 강한 이들이 아니었기에 군마련이 돕는다 한들 결

국 승자는 자신일 것이다.

허나 지금 상황을 보면 그리 간단하지가 않다.

단 한 명이라도 도망쳐 나간다면 추후의 일을 보장할 수 없는 상황이기 때문이다.

'한 놈도 남김없이 모조리 죽여야 해.'

완벽한 말살.

그래야만 지금 일어난 이 일을 어느 정도라도 수습할 수 있다.

그렇다면 결국…….

"나도 움직여야겠군."

"곡주님께서요?"

"그래야지. 이 일을 빠르게 수습하려면 아무래도 내가 나서야 할 것 같군."

말을 내뱉으며 상무기는 고개를 끄덕였다.

생각해 보니 설령 군마련이 뒤에 없었다고 해도 자신이 움직이는 것이 더 낫겠다는 확신이 들었다. 완벽하게 이 일을 매듭짓기 위해서는 직접 움직이는 것보다 나은 방법은 없었으니까.

더는 어르신의 눈 밖에 나서는 안 되는 지금 또 한 번의 실수는 결코 용납되지 않았다.

상무기가 곧장 명령을 내렸다.

"지금 당장 방금 말한 귀살 인원 전부 소집해. 그리고 모두에게 전해."

자리에서 일어난 상무기가 탁자 위에 가득한 항의 서신들을 더는 신경 쓸 필요 없다는 듯 손으로 밀쳐 냈다.

투두둑.

바닥으로 떨어져 내린 서신들을 밟아 선 채로 그가 말을 이었다.

"……은형방이 있는 하원으로 간다."

3장. 은형방
— 내가 누군지 알겠네

　귀살의 살수들이 야음을 틈타 빠르게 움직이고 있었다. 약 사십여 명에 달하는 살수들의 선두에는 귀문곡주인 상무기가 자리하고 있었다.

　어르신의 눈 밖에 나게 된 상황에서 보다 완벽하고 빠르게 일을 처리하기 위해서는 직접 움직이는 것보다 나은 방법은 없었다.

　그렇게 상무기는 귀살을 이끌고 약 하루 정도를 달려 마침내 표적인 은형방이 있는 하원이라는 마을에 도착할 수 있었다.

　먼 거리를 쉼 없이 달려왔지만, 상무기는 쉴 생각이 없었다. 이곳 하원은 은형방의 구역, 자신들이 모습을 드러내낸다면 그들이 곧장 알아차릴 거라는 확신이 있었기 때문이다.

그랬기에 오히려 하원에 들어서기 전, 아무도 없는 숲에서 잠시 휴식을 취하며 시간을 보냈다.

그 누구의 방해도 없어야 했기에 일부러 밤이 되어서야 하원에 들어선 것이다.

하원을 오는 건 처음이었지만 상무기는 능숙하게 지붕을 따라 움직였다. 이미 이곳의 지도를 완벽히 숙지했고, 은밀히 움직일 만한 길목도 정해 둔 상태였기 때문이다.

그런 그의 뒤를 따르는 귀살의 살수들 또한 이런 일에 능숙한 이들이니만큼 최대한 흔적 없이 움직이고 있었다.

쉭쉭!

바람을 가르는 소리만이 들리며 사십여 명에 달하는 살수들이 지붕 위를 껑충껑충 뛰어넘었다.

그렇게 하원으로 들어서서 꽤나 달린 이후, 먼 곳에 자리한 하나의 장원이 모습을 드러냈다.

유명한 정보 단체인 귀문곡은 계속해서 본거지를 옮기며 버텨 왔지만, 표적인 은형방 같은 경우는 다르다.

그들 또한 성세를 이루던 때야 같은 방식으로 본거지를 옮겨 가며 세력을 유지했지만, 오히려 지금처럼 그 이름값

이 떨어진 때는 한곳에 확실한 거점을 잡을 수밖에 없었다.

그렇지 않으면 그나마 있는 의뢰조차도 쉽사리 받기 어려운 탓이다.

그렇게 오랜 시간 은형방이 터를 잡은 이곳 하원에 위치한 장원.

인근에 있는 건물 지붕 위에서 장원의 외벽을 살피던 상무기는 목에 걸고 있던 두건을 입까지 끌어 올렸다. 그러자 기다렸다는 듯 뒤편에 있던 이들 또한 복면을 쓴 채로 다음 명령을 기다렸다.

준비가 끝난 수하들을 확인한 상무기의 시선이 슬쩍 하늘로 향했다.

하늘에 떠 있는 달을 눈으로 살핀 그가 이내 자그마한 목소리로 입을 열었다.

"목숨이 있는 놈은 단 하나도 놓치지 말고 죽여라. 개미 한 마리도 빠져나가게 해서는 안 돼. 그리고 혹시라도 이 모든 일의 사달인 장달을 보게 된다면…… 사지를 찢어도 상관없으니 목숨만 붙여서 나한테 데려와. 그놈은 내가 죽인다."

말을 끝낸 상무기가 손가락으로 한쪽에 위치한 열 명가량의 살수들에게 명령을 이었다.

"너희들은 바깥에서 장원을 포위하고 있다가 혹시라도

누군가가 빠져나온다면 제거하도록 해. 은형방의 뒤를 봐 주는 군마련이 나타나도 막도록 하고."

"예, 곡주님."

따로 열 명의 인원만 제외한 상무기는 이내 장원 쪽으로 몸을 돌렸다. 그가 슬쩍 입을 열었다.

"나머지는 모두 나를 따라 움직인다."

그 말을 끝으로 상무기의 몸이 지붕 아래로 뚝 떨어져 내렸다.

소리도 없이 바닥에 착지한 그의 뒤편으로 서른 명의 귀살 살수들이 줄지어 내려섰다.

그들까지 모두 내려선 직후 상무기가 장원을 향해 성큼 걸음을 옮겼다.

그러고는 점점 걸음걸이에 속도를 올리는 듯싶더니 단번에 장원의 담장을 향해 날아올랐다.

파라라락!

담장을 넘어서는 상무기의 뒤쪽으로 수하들이 빠르게 따라붙었다.

순식간에 모든 인원이 장원 안쪽으로 들어서자 상무기가 손가락으로 명령을 내렸다.

그리 큰 장원은 아니었기에 패거리를 두 개로 나눈 채 상무기는 곧장 앞으로 움직였다. 다른 이들에게 수하들이 있는 별관을 치게 하고, 상무기 본인은 이곳 은형방의 방주를 노리고 있었다.

'서훈(徐焄)이라 했던가?'

은형방의 방주를 직접 본 적은 없었지만 대충 중년의 사내라는 것 정도는 알고 있다. 서훈이라는 이름을 지녔고, 무공 수준은 좋게 봐 주면 일류 정도다.

서훈의 거처가 어느덧 눈에 보일 정도로 가까워졌고 상무기는 곧장 손가락으로 양쪽을 번갈아 가리켰다. 그곳에 자리하고 있을 수하들을 제거하라는 명령이었다.

그 상태로 상무기는 혼자서 성큼성큼 앞으로 걸어갔다.

장원 내부는 늦은 시간이라 그런지 조용했고, 아무도 보이지 않았다.

'식은 죽 먹기군그래.'

서훈 정도 되는 자가 십천야인 자신을 막을 수 있을 리 없었고, 그렇다면 그의 죽음은 기정사실이나 다름없었다.

변수라고는 오로지 하나, 이곳 은형방의 뒤를 봐주는 군마련이 귀찮게 개입하는 것뿐이다.

물론 그들이 이곳으로 온다 한들 이미 이곳의 방주인 서훈은 죽은 이후겠지만 말이다.

그렇게 방주의 거처를 향해 나아가던 상무기는 문득 생각했다.

'그러고 보니 만일을 위해 은형방에 있는 이들을 죽인 후 군마련도 지워 버려야겠군. 그놈들 또한 뭔가 알고 있을지도 모르니 말이야.'

혹시 모를 만약의 사태를 대비하기 위해 군마련의 사람들까지 모두 죽여야겠다고 결정을 내릴 무렵, 그의 몸은 어느덧 방주의 거처 입구까지 도달할 수 있었다.

입구에 도착한 상무기는 피식 웃음을 흘렸다.

'하찮은 새끼가 감히 날 건드려?'

한동안 자신을 힘들게 만들었던 모든 일의 원흉이 이 안에 있다 생각하니 절로 살기가 꿈틀거렸다.

상무기는 서훈을 절대 편안하게 보내 주지는 않을 생각이었다.

방 안에 있는 상대의 기척까지 확인한 상무기는 망설일 것이 없었다. 그는 조용히 들어가려는 생각조차 하지 않는지 벌컥 문을 열어젖혔다.

동시에 안쪽을 향해 버럭 소리를 내질렀다.

"어이, 서훈!"

문을 열며 들어선 방주 서훈의 거처는 정면이 긴 복도로 이루어져 있었다. 그리고 그 복도의 양옆으로는 방이 하나씩 있었고, 길을 따라 들어가면 그 끝에는 많은 자료들을 모아 두는 집무실이 자리했다.

복도에 들어서며 상무기가 비웃음 가득한 목소리로 소리 쳤다.

"어디에 숨었느냐, 이 쥐새끼야!"

말은 그리하고 있었지만, 상무기는 상대가 어디에 있는지 너무나도 잘 알았다. 기척이 감지되고 있는 상황, 서훈이 이 복도 끝에 위치한 집무실에 있다는 사실을 이미 알고 있었다.

그럼에도 불구하고 그는 양쪽에 위치한 문들을 벌컥 열어젖히며 괜히 더 목소리를 높였다.

비밀리에 다가갈 수도 있는 상황에서 상무기가 이 같은 선택을 한 건 상대에게 겁을 주고 싶어서였다.

그간 당해 온 것에 대한 화가 쌓인 탓에 그냥 죽이기보다는 조금 더 고통과 두려움 속에서 최후를 맞이하길 바랐다.

그것이 자신에게 도전을 한 서훈이 맞아야 할 최후라 여겼다.

어차피 상무기가 이곳까지 들어온 이상 서훈 정도 되는 실력자가 그의 손아귀에서 도망치는 것 자체가 불가능했다.

이미 상대가 어디에 있는지도 알고 있는 상황이기에, 그가 도망친다 해도 눈 깜짝할 사이에 따라잡을 자신이 있었다.

그렇게 마치 상대를 찾는 듯이 양옆을 헤집으면서 도착한 집무실.

닫혀 있는 집무실의 문을 상무기가 거칠게 열었다.

드르르륵!

문을 옆으로 미는 것과 동시에 상무기는 그대로 성큼 안으로 들어섰다. 그의 시선에 보이는 건 입구를 등지고 앉아 있는 한 사내의 등이었다.

상무기는 드러난 공간을 가볍게 둘러봤다.

집무실이라 들었거늘 서류는 그리 많지 않았고, 오히려 텅텅 빈 넓은 공간이 연무장이라 봐야 더 맞을 것 같았다.

그만큼 일거리가 없었다는 말이었기에 절로 비웃음이 흘러나왔다.

이런 놈들이 욕심에 못 이겨 자신을 어찌해 보려 했다니…… 기가 막힐 지경이었다.

별 볼 일 없는 집무실의 모습을 살피던 상무기의 두 눈이 등을 지고 앉아 있는 사내에게로 향했다.

자신이 들어왔음에도 불구하고 미동도 없는 움직임.

겁을 먹은 것이 분명했다.

상무기가 비웃음과 함께 입을 열었다.

"큭큭, 비굴하게 도망이라도 치려고 할 줄 알았는데 예상외군. 아니면 무서워서 아예 몸이 굳은 건가? 그것도 아니면 포기한 걸지도 모르겠네. 뭐, 생각해 보면 현명하긴 하군. 어차피 도망가려고 했다 한들 네깟 놈이 내 손아귀에서 벗어날 수 있을 리가 없으니 말이야."

상대를 향해 조롱 섞인 말을 쏟아 내는 바로 그때.

등진 채로 앉아 있던 사내가 입을 열었다.

"그 어디 숨었냐는 소리가 나한테 한 말이었어? 난 또 쥐새끼라기에 스스로한테 하는 말인 줄 알았지 뭐야."

생각지도 못한 상대방의 말에 상무기의 표정이 기괴하게 변했다.

그는 믿기지 않는다는 듯 스스로의 귀를 후볐다.

그러고는 이내 입을 열었다.

"겁이 나서 실성이라도 했나. 상황 파악이 잘 안 되나 봐?"

"상황 파악 못 하는 건 내가 아니라 너 같은데."

이어지는 도발에 상무기는 기가 차다는 듯 헛웃음을 흘렸다.

"하, 하하! 내가 알아본 바로는 이렇게 겁 없는 놈이 아니었는데 말이야."

"나도 네가 이렇게 눈치 없는 놈일 줄 몰랐는데."

"이 새끼가 계속!"

웃고 있던 상무기의 얼굴이 당장이라도 상대를 찢어 죽

일 것처럼 매섭게 돌변했다. 처음 웃을 때부터 이미 기분은 좋지 않았던 터, 지금 같은 상황에서 자신의 성질을 건드리는 상대의 모습에 어이가 없을 지경이었다.

두둑, 두두둑.

가볍게 주먹을 풀며 상무기가 살의가 담긴 목소리로 말했다.

"처음부터 편안하게 보내 줄 생각은 없었지만, 네놈은 사지를 갈가리 찢어서 죽여야겠다. 손톱이건 발톱이건 간에 모두 다 하나씩 뽑아 주고, 신체는 마디마디를 끊어 줄게. 차라리 죽는 게 나을 거라는 게 무슨 의미인지 알게 해주지."

섬뜩한 말을 내뱉은 상무기가 아직까지도 등을 돌린 채 미동도 않는 그를 향해 말을 이었다.

"언제까지 그렇게 등을 돌리고 있을 생각이야? 그런 식으로 시간을 끌 속셈인가 본데…… 아쉽게도 네 부하들은 안 와. 그곳에도 이미 우리 쪽 인원들이 찾아갔거든."

상무기의 그 말이 떨어진 직후였다.

등을 돌리고 있던 사내가 중얼거렸다.

"흐음, 그럼 그쪽들은 벌써 시작했겠군."

"그게 무슨……"

의미를 알 수 없는 말에 상무기가 질문을 던지는 찰나였다.

등을 돌리고 있던 이가 천천히 의자에 앉은 채로 상반신을 돌렸다. 그렇게 어둠 속에서 조금씩 얼굴을 드러내기 시작한 상대.

상대를 응시하며 살기를 쏟아 내던 상무기의 눈동자가 당혹스러움으로 물드는 건 순식간이었다.

상반신을 비틀어 얼굴을 마주한 상대.

그런데 그 상대는…… 서훈이 아니었다.

단 한 번도 서훈을 본 적은 없었지만 지금 눈앞에 있는 자가 그가 아니라는 것 정도는 단번에 알 수 있었다.

기본적으로 나이가 맞지 않았으니까.

서훈은 중년의 사내라 들었거늘, 눈앞에 있는 자는 무척이나 젊었다.

고작 이십 대밖에 되지 않아 보이는 외모.

예상치 못한 상황에 상무기가 다급히 물었다.

"너 누구야? 서훈이 아니잖아?"

물어 오는 질문에 여전히 의자에 앉아 있던 사내가 천천히 자리에서 일어났다.

일어선 채로 상무기와 마주한 그가 입을 열었다.

"내가 누군지 모르나 보네. 당연히 알 거라 생각했는데."

"내가 네깟 놈을 어찌 알아? 시끄럽게 혓바닥 놀리지 말고 지금 서훈이 어디에…….."

막 거칠게 말을 내뱉던 상무기의 목소리가 점점 작아지기 시작했다. 그의 눈에 상대방 사내의 허리에 자리하고 있는 한 자루의 검이 들어왔기 때문이다.

붉은 악귀 형상이 새겨져 있는 손잡이.

저 무기는…….

"천인혼?"

어찌 천인혼을 모르겠는가.

몇 번 직접 눈으로 본 것은 물론이고 손으로 만져 보기도 했다. 상무기 또한 칠신기의 하나인 천인혼에 욕심이 있었지만 그걸 다룰 수 없었기에 포기해야만 했었다.

놀란 듯 중얼거리는 상무기를 향해 천인혼의 주인이 슬그머니 입을 열었다.

"천인혼을 알아봤으니 이젠 내가 누군지도 알겠네."

말을 내뱉는 상대를 바라보는 상무기의 낯빛이 흑색으로 물들었다.

천인혼을 확인하는 순간 상대방의 정체는 자연스레 떠오를 수밖에 없었으니까.

천룡성의 작은 용, 천무진. 바로 그다.

*　　*　　*

상대의 정체를 확인하는 순간 상무기는 마른침을 삼켰
다.

믿을 수 없는 일이 현실에서 일어나고 있었으니까.

귀문곡을 곤란하게 만든 이들을 쫓아 제거하기 위해 나
타난 이곳.

그런데 그런 곳에 왜 천무진 이자가 있는 것이란 말인
가?

'대체 이놈이 어떻게……'

현재 상무기는 천무진과 대립하고 있던 상황도 아니었
고, 이곳 은형방과 그의 사이에 어떤 관계가 있을 리도 없
었다. 그런데 천무진이라니?

납득이 가지 않는 상황에 잠시 혼란스러워하던 상무기의
머릿속에 순간 번개처럼 한 가지 생각이 스쳐 지나갔다.

'설마…… 내가 함정에 빠진 건가?'

만약 지금 이 모든 것이 함정이었다면?

애초에 그를 은형방으로 오게 만든 것이 천무진일 가능
성이 있다는 걸 깨달은 것이다. 허나 동시에 의문이 들었
다.

대체 왜?

왜 천무진이 현재까지 아무런 마찰도 없었던 자신을 이 곳으로 유인했단 말인가?

적어도 아직까지 자신은 천무진에게 노출된 적이 없었고, 그런 상황에서 그가 귀문곡을 노린다는 건 뭔가 이상했으니까.

그때 천무진이 입을 열었다.

"왜 대답이 없어. 누군지 알았을 거 아냐."

재차 들려오는 천무진의 목소리에 상무기는 곤혹스러웠다.

허나 이내 상무기는 재빨리 표정을 바꿨다.

천무진이 자신을 노리고 이곳에 나타났다는 건 확실하지만 그것이 자신의 정체를 알기 때문일지는 아직 알 수 없었으니까.

그리고 설령 자신이 십천야일 거라는 가능성을 가지고 움직였다고 해도…… 그건 그저 가능성일 뿐 아직까지 확신이 될 순 없었다.

천인혼을 알아보고 놀란 부분이 조금 걸리긴 하지만, 그거야 칠신기에 속한 전설의 무기이니 정보 단체의 수장인 자신이 알아본다는 것이 아예 불가능한 일은 아닐 터.

굳이 먼저 패를 드러낼 필요는 없었기에 상무기는 시치미를 떼기로 결정을 내렸다.

방금 전까지 풀풀 풍겨 대던 살기를 거둔 그가 공손한 표정으로 입을 열었다.

"그럼 모를 리가 있겠습니까. 이래 봬도 정보 단체를 이끄는 수장, 어찌 천룡성의 분을 알아보지 못하겠습니까."

"정보 단체의 수장이라……."

상무기가 내뱉은 말을 중얼거리던 천무진이 이내 말을 이었다.

"정말 그것뿐이야?"

"그럼 뭐 다른 거라도 있습니까?"

전혀 모르겠다는 듯 눈을 동그랗게 뜨며 물어 오는 상무기를 바라보던 천무진이 피식 웃었다.

그런 그의 모습에 상무기 또한 막 함께 미소를 지어 보일 때였다.

천무진이 중얼거렸다.

"웃기고 앉았군."

그 한마디에 가식적인 미소를 지어 보이려던 상무기의 표정은 일그러질 수밖에 없었다.

하지만 곧 표정을 수습한 상무기는 전혀 모르겠다는 듯한 얼굴로 천무진을 마주했고, 그런 그를 향해 천무진은 대단하다는 듯 고개를 끄덕였다.

"모르고 왔다면 정말 억울한 건가 생각할 정도의 얼굴이야. 그런데 어쩌지? 난 이미 너무 많은 걸 알아 버렸는데."

"그게 무슨……."

상무기가 전혀 의미를 알 수 없다는 듯 중얼거리는 그때 천무진이 품 안에 준비해 두었던 종이 뭉치를 꺼내 가볍게 획 던졌다.

좌르륵.

허공에서 사방으로 퍼져 나가는 종이 더미들.

상무기는 하늘에 떠 있는 종이 중 한 장을 가볍게 낚아챘다.

그건 다름 아닌 마교에 있는 거점에서 사라진 의뢰서였다.

종이의 정체를 확인한 상무기의 손이 미세하게 떨려 왔다. 허나 이내 그런 기색을 감춘 채로 상무기는 최대한 담담하게 입을 열었다.

"이게 왜 천룡성 무인분의 손에……."

"왜겠어. 처음부터 내가 벌인 일이니까. 그쪽에서 사라진 모든 건 전부 내가 가지고 있거든. 덕분에 많은 걸 알 수 있었고."

천무진의 말에 상무기는 남몰래 입술을 깨물었다.

정보가 바깥으로 새어 나갈까 걱정했다. 헌데 지금은 그런 문제를 넘어섰다.

정보가 새어 나간 것도 문제거늘 그것을 가지고 있는 것이 하필이면 천무진이라니. 적화신루를 등에 업고 있는 천무진에게 이 모든 의뢰서들이 들어갔으니, 이건 단순히 일차적인 피해로 끝날 일이 아니었다.

아마도 그들은 그 의뢰서들을 기반으로 예전에 있었던 사건들을 재조사하며 이 모든 것들의 배후를 캐내려 들 게 분명했다.

상무기가 딱딱하게 굳은 어조로 말했다.

"아무리 천룡성의 무인이라 하셔도 이건 아닌 것 같습니다. 그건 저희 단체에게 중요한 물건입니다. 돌려주시지요."

"그렇다면 내 질문에 먼저 답해야 할 거야. 내가 의심하고 있는 부분에 있어 결백하다는 걸 증명해야 할 테니까."

이미 이곳에 오기 전부터 수많은 조사를 통해 천무진은 확신을 가지고 있었다.

귀문곡이 십천야와 관련된 것은 확실하고, 그들을 등에 업은 채로 엄청난 성장을 보이고 있다는 걸 말이다.

원래부터 점점 커져 가고는 있었지만 그런 그들의 성장세가 기하급수적으로 빨라진 건 바로 현재 곡주인 상무기가 취임한 이후의 일이다.

거기다 의심을 확신으로 만들어 주는 몇 가지 정황 증거들까지.

천무진이 물었다.

"마교 소교주에게 가야 할 정보들을 감췄던데? 소교주의 의뢰를 조사하며 정보의 일부분만 넘긴 것 같더군."

첫 질문부터 상무기는 당황스러울 수밖에 없었다.

이건 지금 얻게 된 정보 정도로 알 수 있는 문제가 아니었으니까.

물론 이런 비밀을 알게 된 건 소교주인 악준기가 천무진의 편이기 때문이다.

그가 없었다면 제아무리 천무진이라 해도 알 수 없는 일이었다.

잠시 놀랐던 상무기가 서둘러 정신을 수습하며 답했다.

"내부에서 자그마한 실수로 벌어진 일입니다."

"그런 일이 한두 번이 아니던데? 이건 어떻게 설명할 건가."

"글쎄요. 그럴 리가 없을 터인데 말입니다. 그 부분은 저도 확인을 해 봐야 할 것 같습니다."

"흑마신이 있던 흑마련과 거래를 해 왔던 건?"

"그거야 저희가 원래 사파 쪽의 정보를 담당하지 않습니까. 있을 수 있는 일이라 생각됩니다."

"그래? 그렇다면 양가장은?"

"……예?"

"양가장과도 비밀리에 의뢰를 주고받았잖아. 거기는 사파가 아닐 텐데 말이야."

얼마 전에 양가장을 뒤집은 이후 적화신루를 통해 알게 된 몇 가지 정보들 중 하나. 그들이 오랜 시간 주기적으로 귀문곡에게 의뢰를 해 왔다는 거다.

물론 그걸 알게 된 당시에는 그 정도로 귀문곡을 의심하진 않았다.

중원을 대표하는 정보 단체들 중 하나고, 철저히 돈에 의해 움직이기에 특히나 이용이 편한 이들이니 얼마든지 접점이 있을 수 있었으니까.

허나 문제는 드러나는 의심스러운 상황들이 묘하게 귀문곡과 얽혀 있다는 거다.

한 번은 우연일 수 있다.

하지만 그 우연이 반복된다면?

그걸 어찌 우연이라 말할 수 있겠는가.

거기다가 현재 의심이 가는 다른 몇 가지 일들에도 귀문곡이 관련되어져 있었다. 그리고 결정적인 소교주의 증언까지.

상무기가 뭐라도 둘러대기 위해 입을 열었다.

"그건……."

"우연이겠지. 그렇지?"

비꼬는 듯한 천무진의 말투에 상무기는 침묵했다.

대화를 하며 알 수 있었다.

이건 단순한 의심이 아니다.

천무진은 귀문곡과 십천야가 관련이 있다는 확신을 가지고 있는 게 분명했다. 따지고 보면 애초에 천무진이 이 같은 일을 벌였다는 것 자체가 확신이 있다는 것과 다를 바없었다.

천무진이 아무런 말도 하지 못하는 상무기를 바라보며 천천히 말을 이었다.

"십천야, 알지?"

핵심을 찌르는 그 한마디에 움찔했던 상무기가 고개를 저었다.

"죄송합니다만 그런 이름은⋯⋯."

발뺌을 한다고 해서 먹힐 것 같진 않았지만 그럼에도 불구하고 상무기는 모르는 척 연기를 했다.

그런 그를 향해 천무진이 말했다.

"뭐, 모를 수 있지. 하지만 말이야 적어도 넌 그럴 수 없어. 다른 이라면 모르고 이용당한 거라 생각할 수도 있지만 적어도 귀문곡을 이끄는 너는. 이 모든 일이 벌어지는 데 있어 네가 개입되지 않았다면⋯⋯ 이건 가능하지 않았을 테니까."

"……."

"자, 그렇다면 어떻게 봐야 할까? 사실 내가 생각해 낸 답은 두 가지야. 첫 번째, 네가 귀문곡을 키우고 싶은 욕심에 그들의 충실한 수하 노릇을 하고 있을 가능성. 그리고 두 번째."

말을 마친 천무진이 천인혼을 뽑아 들었다.

스르릉.

낮게 울리는 쇳소리와 함께 천무진이 말을 이었다.

"네놈 또한 십천야일 가능성."

천인혼을 쥔 천무진의 이야기는 끝나지 않았다.

그가 확실한 어조로 말했다.

"사실 만나기 전까지는 반반이었거든? 하지만 이제는 알 것 같아. 네가…… 십천야라는 걸."

지금이야 온순한 척하고 있지만 천무진의 정체를 이곳 은형방 방주인 서훈인 줄 알았을 때만 해도 상무기는 자신의 힘을 감추지 않았었다.

살기와 함께 풍겨 나오던 기운.

그걸 직접 느낀 천무진은 보다 쉽게 판단을 내릴 수 있었다.

십천야에 속한 이들을 몇몇 대면한 적이 있다.

그들 모두는 우내이십일성 이상의 실력을 뽐냈다. 그런데 지금 눈앞에 있는 이자도 마찬가지였다.

정보 단체의 수장일 뿐인 사내.

거기다가 중원에서 뛰어난 무인으로 꼽히지도 않는 자다.

그런 자에게서 최소 우내이십일성을 연상케 하는 기운이 뿜어져 나왔다?

그것만으로도 이미 답은 나온 것이나 다름없었다.

천무진이 담담하게 말했다.

"해명할 기회는 충분히 줬는데 말이야. 그런데 아쉽게도 넌 그 어떠한 것에도 대답하지 못했군. 우리 사이에 더 말이 필요하지는 않을 것 같은데?"

말을 끝낸 천무진의 몸 주변으로 아지랑이 같은 기운이 피어오르기 시작했다.

곧장 싸움이 벌어져도 이상할 것 없는 상황이 되어 버렸지만, 상무기는 아무런 말도 하지 않았다.

분하지만 자신의 정체가 드러났다는 사실을 인정해야만 했다.

'젠장, 내 정체가 들키다니.'

십천야의 눈과 귀가 되어 주는 귀문곡이다.

그런 귀문곡이 천무진에게 알려져 버렸으니 이 일의 뒷

수습을 어찌해야 할지 걱정이 밀려들었다.

허나 그것에 대해 걱정을 하는 건 추후의 문제였다.

당장엔 눈앞에 있는 천무진부터 어떻게 해야 하는 것이 급선무였으니까.

정보 단체인 귀문곡을 이끄는 상무기다. 많은 정보를 접했고, 그랬기에 더 잘 알고 있다.

정면으로 붙는다면 천무진을 이길 확률이 희박하다는 것 정도는.

'지금은…… 물러서야 한다.'

천무진의 함정이 분명한 상황.

그 말은 곧 인근에 다른 동료들 또한 있을 거라는 의미였다.

대홍련의 부련주 단엽, 그리고 적화신루에 속한 정체불명의 실력자인 백아린과 그녀의 수하 한천 또한 언제 들이닥쳐도 이상할 것 없다는 소리였다.

천무진 하나도 어찌하지 못하는 상황에서 그들까지 개입하게 된다면…… 그때는 어떠한 수를 쓴다 해도 빠져나갈 수 없다.

상무기의 눈이 빠르게 주변을 훑었다.

연무장을 연상케 할 정도로 넓은 집무실.

별다른 건 없었지만 양쪽 벽면에 위치한 책장들과 곳곳

에 자리한 서류 뭉치들이 눈에 들어온다.

상무기가 조용히 침을 삼켰다.

'기회는 한 번이다.'

생각을 정리하는 순간 상무기가 곧바로 움직였다.

타악!

소매를 터는 순간 양쪽 손바닥으로 단검이 빨려 들어왔다. 안쪽에 감춰 둔 단검을 꺼내어 들기 무섭게 상무기의 손이 움직였다.

양쪽으로 뻗어진 손.

손바닥에 쥐어져 있던 두 자루의 단검이 양쪽으로 날아올랐다.

하지만 그 두 자루의 단검이 향하는 건…… 벽이었다.

콰콰콰쾅!

보이지 않을 정도로 얇은 실이 매달린 단검들이 벽면을 타고 주변에 있던 책장들을 모두 박살 내며 뻗어져 나갔다.

사방으로 부서진 책장의 파편들이 튕겨져 나갔고, 동시에 안에 들어 있던 종이 뭉치들이 허공으로 날아올랐다.

주변이 어지럽혀지는 사이, 상무기는 곧장 손가락에 걸고 있던 장치를 풀었다.

티익!

단검과 연결되어 있던 끈이 풀리며 그것들이 곧장 천무진을 향해 날아들었다. 시야를 어지럽힌 상황에서 날아든 절묘한 공격.

어지간한 무인이라도 깜짝 놀랄 정도의 날카로운 공격이었지만 상대는 천무진이었다.

카앙!

천인혼으로 날아드는 두 자루의 단검을 쳐 내는 걸 눈으로 확인한 상무기였지만 그는 당황하지 않았다.

애초에 이 정도 공격으로 뭔가를 할 생각은 없었으니까.

'지금!'

애초에 단검을 버린 건 손을 자유롭게 하기 위함이다. 재차 흔들리는 소매 속에서 새카만 단환들이 모습을 드러냈다.

재빠르게 손가락 사이사이마다 단환을 끼어 든 상무기가 씩 웃었다.

'오늘은 여기까지라고.'

흩날리는 종이들 사이에서 천무진의 눈동자가 자신에게 향하는 걸 느꼈지만 상무기는 아랑곳하지 않았다.

이 단환만 있다면 도망칠 수 있다는 확신이 있었으니까.

상무기는 곧바로 바닥을 향해 힘차게 단환을 내리쳤다.

탁!

동시에 주변을 향해 퍼져 나가는 새하얀 연기.

허나 이건 그냥 연기가 아니었다.

사람을 몽롱하게 만드는 효과를 지닌 특별한 연기였다.

그리고 이건 일전에 같은 십천야의 일원인 반조가 주란을 데리고 도망치기 위해 사용한 적이 있었다.

피아를 식별할 수 없을 정도로 자욱하게 피어오르는 새하얀 연기 속에서 상무기가 움직였다.

아주 잠깐 천무진의 감각이 무뎌지는 그 찰나를 놓쳐선 안 됐으니까.

순식간에 옆으로 이동한 상무기가 곧장 바깥으로 날아오르려던 그 찰나!

부웅!

뭔가가 옆에서 날아드는 걸 느낀 상무기가 놀란 듯 몸을 옆으로 비틀었지만, 이미 조금 늦은 후였다.

퍼억!

연기 속에서 날아든 주먹이 상무기의 안면을 후려쳤다.

얼굴에 일격을 정통으로 맞은 그는 뒤로 밀려 나가며 벽에 처박혔다.

생각지도 못한 공격에 적중당하며 입 안에서 피가 터져 나왔다.

"컥!"

상무기가 주춤하는 사이, 상대가 연기 속에서 천천히 모습을 드러냈다.

소매를 가볍게 휘저으며 연기를 밀어내는 상대.

입에 묻은 피를 손등으로 닦아 내는 상무기를 향해 천무진이 천천히 입을 열었다.

"안 됐지만 한 번 본 거에 당할 바보는 아니라서 말이야."

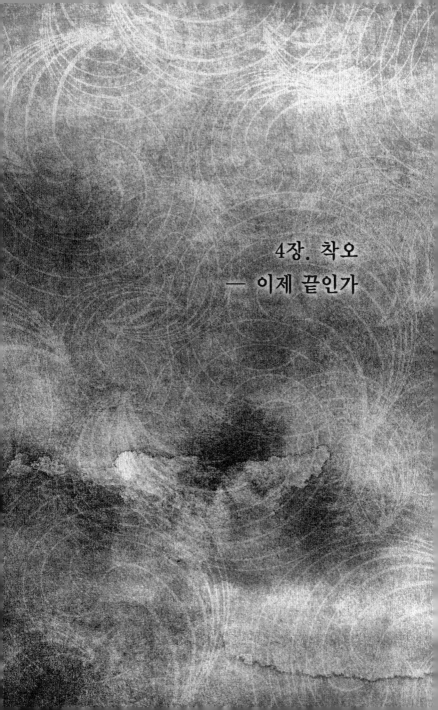

4장. 착오

— 이제 끝인가

　도망치기 위해 뿌렸던 연막탄이 실패로 돌아가자 상무기는 잠시 정신을 추스르기가 어려웠다. 계획도 실패했을뿐더러 안면에 정확하게 박힌 일격이 다리의 힘마저 풀리게 만들었다.

　허나 상무기에게 더 앉아서 놀라고 있을 여유 따위는 없었다.

　안개를 걷으며 성큼 다가온 천무진이 곧바로 발을 내지른 탓이다.

　자신을 향해 날아드는 발을 보는 순간 상무기는 뒤를 생각할 겨를도 없이 옆으로 굴렀다.

쾅!

발길질에 적중당한 벽이 그대로 산산조각이 났다.

아슬아슬하게 공격을 피해 낸 상무기가 빠르게 몸을 일으켜 세웠다.

박살이 난 벽면을 통해 주변을 가득 채우던 연막탄이 빨려 나갔다.

점점 주변이 뚜렷해지는 사이 상무기는 소매로 입가를 닦았다.

천무진에게 안면을 적중당하며 입 안이 피투성이가 되어버린 탓에 연신 피 맛이 느껴졌다.

그것이 무척이나 불쾌하게 느껴졌지만…… 지금은 이런 부상에 신경 쓰고 있을 상황이 아니었다.

'이런 망할. 이걸 어쩐다?'

그리 멀지 않은 곳에 서서 자신과 마주하고 있는 천무진이라는 존재. 그에게서 느껴지는 기세에 상무기는 마른침을 삼켜야만 했다.

십천야 내에서도 천무진의 적수가 될 만한 이는 채 몇 명 되지 않았다.

그리고 아쉽게도 그 안에 상무기는 없었다.

상무기 또한 우내이십일성 수준에 오른 고수라고는 하지만 그 안에서도 등급은 있다. 그리고 아무리 좋게 봐 줘도 자신이 천무진을 이길 확률은 일 할이 채 되지 않았다.

하지만 도망치기 위해 펼쳤던 비장의 한 수가 실패로 돌아간 지금.

'치잇, 결국 싸워야 하나.'

당장으로선 도망칠 방법이 없었다.

그렇다면 결국 살기 위해선 뭐라도 할 수밖에 없지 않은가. 상황을 보아하니 자신은 천무진이 짜 놓은 함정에 영락없이 빠졌고, 누군가의 도움을 바라기도 어려웠다.

적당한 거리를 둔 채로 천무진을 예의 주시하던 상무기가 슬그머니 허리춤에 손을 가져다 댔다.

주변을 둘러보며 눈치를 살피던 상무기의 돌변한 기세를 느낀 천무진이 픽 웃으며 말했다.

"이제야 싸울 생각이 좀 들었나 봐? 아까까지만 해도 어디로 도망가나 눈을 데굴데굴 굴리느라 바쁘더니."

"……그 입 닫아라."

더는 정체를 감출 이유가 없었기에 상무기가 돌변한 말투로 답했다.

어차피 천무진은 자신의 정체에 대해 어느 정도 확신이 있었고, 방금 전 사용했던 연막탄 또한 십천야의 일원인 반조를 통해 본 적이 있다.

지금 같은 때에 발뺌을 한다는 것이 무슨 의미가 있겠는가.

검을 뽑아 든 상무기를 바라보며 천무진이 짧게 말을 받았다.

"그럼 슬슬 본격적으로 시작해 볼까?"

말과 함께 천무진의 몸이 갑자기 연기처럼 흩어졌다. 동시에 상무기의 눈동자가 꿈틀했다.

그의 손이 재빠르게 옆으로 움직였다.

카앙!

자신의 목을 노리고 날아드는 천인혼을 받아친 상무기가 빠르게 소매를 움직였다. 동시에 소맷자락 안에 있던 암기 통에서 자그마한 변화가 일었다.

드르륵.

소리와 함께 암기 통에 감춰져 있던 작은 비침들이 번개처럼 쏟아져 나왔다.

거리는 지척.

운이 좋다면 한두 개 정도는 적중할 수 있을 거라 생각했다. 비침에는 치명적인 독이 묻어 있었고, 중독당하면 어지간한 무인이라도 채 열 걸음을 옮기기도 전에 죽을 정도의 독이었다.

하지만 상무기 또한 이것에 적중당한다고 해서 천무진이 죽을 거라고 생각하지는 않았다. 이 독이 우내이십일성 수준의 고수에게 통할 리는 없을 테니 말이다.

허나 적어도 독침이 적중한다면 천무진의 힘을 조금이나마 약화시킬 수 있었기에 상무기는 그것에 희망을 걸고 있었다.

그렇지만 그런 그의 바람이 무색하리만큼 천무진은 너무도 쉽게 날아드는 비침을 받아 냈다.

파악!

손을 위에서 아래로 강하게 내리긋는 순간 묵직한 기운이 상무기를 짓눌렀다. 동시에 천무진을 향해 날아들던 비침들도 힘을 잃고 그대로 바닥으로 곤두박질쳤다.

생각지도 못한 상황에 내리눌러지는 압력으로 인해 몸을 움츠렸던 상무기의 표정이 기괴하게 변했다.

'이게 무슨······.'

하지만 이번에도 놀라고 있을 여유는 없었다.

날아드는 천인혼이 어느새 코앞까지 다가와 있었다.

"큿!"

급히 몸을 젖히며 그것을 피해 낸 상무기의 눈에 비어 있는 천무진의 옆구리가 보였다. 아슬아슬하게 피해 낸 덕분에 오히려 공격할 기회가 생긴 것이다.

'지금!'

파라락!

소매 안에 있는 짧은 단검을 손가락 끝으로 끄집어낸 상무기가 곧장 비어 있는 옆구리를 향해 치고 들어갔다.

'좋아! 먹혔……!'

단검이 옆구리 근처까지 다가가는 걸 보며 순간적으로 눈을 빛내던 상무기였다. 하지만 그의 생각이 채 끝나기도 전, 하나의 그림자가 시야 속에 아른거렸다.

스윽.

단검이 천무진의 옆구리를 베고 지나가는 찰나.

그 그림자가 상무기를 뒤덮었다.

퍼억!

안면에 정확하게 틀어박힌 일격에 상무기의 몸이 그대로 바닥에 처박혔다가, 튕기듯 뒤로 나뒹굴었다.

벽을 뚫고 바깥까지 굴러간 그가 얼굴을 부여잡은 채 기침을 토해 댔다.

"컥컥."

힘겹게 내뱉는 숨과 함께 입 안에서 엄청난 양의 피가 쏟아져 나왔다. 허나 나오는 건 피뿐만이 아니었다.

몇 개나 되는 이가 그대로 박살이 나서 피와 함께 바닥으로 쏟아져 나왔다.

바닥에 한쪽 무릎을 댄 채로 간신히 몸을 반쯤 일으켜 세웠을 그 무렵.

천무진이 베인 옆구리를 한 손으로 감싸 쥔 채 구멍 난 벽 쪽으로 모습을 드러냈다.

탁.

그가 바닥에 내려서자 상무기는 황급히 몸을 마저 일으켜 세우고는 뒷걸음질 쳤다. 여전히 한 손으로는 얼굴을 감싸 안은 상무기가 손가락 사이로 보이는 천무진의 모습을 살폈다.

무표정한 얼굴로 다가오는 그에게서 말로 표현하기 어려운 섬뜩함이 느껴졌다.

천무진의 모든 행동을 뚫어져라 바라보던 상무기는 일격을 맞은 얼굴에서 느껴지는 고통을 잊을 정도로 큰 의문에 빠져 있었다.

'이건 도대체…….'

천무진에 대해 어느 정도 파악이 됐다 여겼다.

그가 실력을 보여 줬던 몇 가지 정확한 정황들이 있었으니까.

흑마신을 죽였고, 십천야 중에서도 반조는 직접 손을 겨뤄 보기까지 했다. 그를 통해서도 어느 정도의 수준인지 전해 들었고, 객관적인 판단은 이미 끝나 있었다.

그런데 지금 이건 자신이 파악한 수준의 실력이 아니었다.

그래, 인정한다.

처음엔 천무진과 그의 일행들 모두를 얕봤다. 그 때문에 착오가 있었고, 그로 인해 어르신에게도 큰 질책을 받았다.

그랬기에 상무기는 자만심을 버리고 냉정하게 여러 번의 검토를 통해 평가를 내렸다. 그리고 새로이 천무진에 대한 냉혹한 평가를 끝낼 수 있었다.

자신이 천무진의 상대가 되지 못한다고 처음부터 인지한 것 자체가 그 증거이기도 했다.

예전의 정보였다면 싸운다 해도 승산이 반 이상일 거라 여겼을 테니까.

그렇게 새로이 내린 판단, 분명 이번엔 정확하다 여겼다.

그런데…… 이번에도 틀렸다.

'우리의 정보가 또 틀렸다고?'

천무진을 바라보며 스스로에게 던진 질문. 허나 상무기는 작게 고개를 저었다.

아니, 그럴 순 없었다.

반조가 천무진을 직접 상대한 것부터, 흑마신과의 싸움까지.

둘 모두 채 반년도 지나지 않은 일들이다.

흑마신이야 죽었으니 직접 뭔가를 전해 듣지는 못했다 쳐도 반조는 손을 겨뤄 보고 멀쩡하게 살아서 돌아오지 않았던가.

그랬기에 상무기는 확신했다.

정보는 틀리지 않았다.

단지…… 그가 강해졌을 뿐.

'……반년 동안 이렇게 강해지다니.'

이것이 아니고서는 설명될 수 없는 일.

물론 이 또한 쉬이 믿기는 어려웠다. 제아무리 타고난 재능을 갖췄다 한들 이 정도 속도의 발전은 불가능한 일이다.

믿기지 않는다는 시선으로 천무진을 바라보는 그.

그리고 상무기의 생각은 옳았다.

반년 전과 비교하면 지금의 천무진은 많이 달라져 있었다.

천룡성의 무공인 천룡비공의 토대가 되는 천룡무극심법. 상무기가 천무진에 대해 판단을 내렸던 당시에는 칠성의 경지에 들어서 있었지만, 지금은 이미 팔성을 넘어선 상황이었으니까.

당연히 그때의 정보로 판단한 천무진의 실력이 지금과 엄청난 차이를 보이는 건 당연했다.

물론 이처럼 빠른 속도로 천룡무극심법의 단계가 올라가는 건 말이 안 되는 일이었다. 지금 상무기의 판단 기준이 되어 주는 그 당시에도 갓 칠성에 올라선 상태로 그들에게 혼란을 줬을 정도였으니까.

허나 천무진에겐 뛰어난 재능과 더불어 한 가지가 더 있었다.

또 한 번의 삶.

이미 모든 걸 익히고 깨달았던 길이었기에 천무진은 너무도 빠르게 천룡성의 무공을 완성시키고 있었다.

물론 아직 사부인 천운백에게 천룡성의 마지막 비기를 전수받지 못해 더는 지금처럼 순식간에 엄청난 발전을 보이긴 어려울 것이다. 하지만 이미 천무진의 힘은 십천야가 생각하는 것보다 훨씬 더 크게 성장해 있었다.

천무진의 실력이 예상을 훨씬 웃돈다는 사실을 알게 되자 상무기는 더욱 답답해질 수밖에 없었다.

애초에 자신보다 강했던 상대, 그런데 가늠했던 것 이상의 실력을 지녔다면 그 결과는 불 보듯 뻔했다.

으드득.

상무기는 이를 갈았다.

말대로 상황은 점점 좋지 않게 흘러가고 있었다.

하지만 그렇다고 해서 지금 해야 할 것이 바뀌는 건 아니었다.

손에 들린 검을 앞으로 겨눈 상무기가 눈을 번뜩였다. 동시에 그의 몸에서 풍겨 나오기 시작한 살기가 주변을 뒤덮었다.

그런 상무기와 마주한 천무진 또한 천인혼을 비스듬히 든 채로 다음 공격을 준비했다.

이번에는 상무기가 먼저 움직였다.

타다닥!

빠르게 땅을 박차며 상무기가 옆으로 내달렸다. 그러고는 곧장 몸을 허공으로 날리며 소매를 마구 휘두르기 시작했다.

비문폭사(飛紊爆死)!

수십여 개의 암기들이 기다렸다는 듯 천무진을 향해 꿈틀거렸다. 하늘 위로 솟구쳤던 암기들이 그가 있는 바닥을 향해 마치 비처럼 떨어져 내렸다.

파파팡!

천무진이 가벼운 움직임만으로 그것들을 피해 내던 찰나.

공격을 펼쳤던 상무기가 이를 꽉 깨물었다.

애초부터 이 암기로 천무진에게 피해를 입힐 생각은 없었다. 어차피 이 비문폭사라는 초식, 그건 바로 지금부터 시작이었으니까.

땅에 박힌 암기들에 실려 있던 내력이 폭발했다.

동시에 암기 손잡이 안에 특수 제작되어 숨겨져 있던 콩알만 한 크기의 벽력탄들이 반응했다.

우우웅!

갑자기 밀려드는 이상한 낌새에 암기를 피하기 위해 옆으로 비켜섰던 천무진이 움찔했다.

'이건?'

코를 찌르는 묘한 냄새.

화약 냄새였다.

천무진의 시선이 빠르게 주변을 훑었다. 마치 천무진을 포위하듯 그 주변으로 떨어져 있는 암기들. 그제야 그는 상무기의 속내를 알아차릴 수 있었다.

허나 깨닫는 것과 동시에 숨겨져 있던 벽력탄들이 폭발했다.

콰콰콰콰쾅!

커다란 굉음과 함께 주변에 있던 건물이 폭발에 휩쓸렸다. 동시에 범위 안에 있던 상무기가 반대편으로 몸을 날렸다.

하지만 거기서 끝이 아니었다.

'기회다!'

천무진이라는 자를 상대로 이처럼 승기를 잡을 수 있는 기회는 결코 흔치 않을 터.

생각지도 못한 공격에 천무진이 반응하지 못한 지금이 몰아붙여야 할 절호의 순간이었다.

우우우웅!

상무기의 손에 들린 검이 낮게 울렸다.

동시에 그의 검 주변으로 강기가 뭉글뭉글 피어올랐다.

그렇게 그 기운이 하나의 커다란 형상이 되는 순간.

쿠우웅!

검강이었다.

상무기는 검강이 실린 검을 전면으로 냅다 휘둘렀다. 목표는 오직 하나였다.

터져 나가는 벽력탄 사이에 자리하고 있을 천무진!

연이은 폭발의 충격이 채 가시기도 전에 천무진이 자리하고 있던 곳을 검강이 뒤덮었다.

콰아아앙!

벽력탄에 이어 재차 터져 나오는 폭음.

주변의 땅이 세게 진동할 정도로 어마어마한 폭발이었다.

찌저적.

땅이 갈라지고, 온 세상이 뒤흔들린다는 착각이 들 만큼 큰 충격파가 주변으로 쏟아져 나오는 걸 보며 상무기는 자신도 모르게 악에 받친 듯 소리를 내질렀다.

"어떠냐 이 자식아! 천룡성이면 다냐? 날 만만하게 보지 말라고!"

제대로 한 방 먹여 줬다는 생각에 잔뜩 신이 난 듯한 표정을 지어 보이는 상무기였다.

바로 그 순간.

"······겨우 이 정도로 이렇게 호들갑 떨 일인가?"

폭발이 끝나고 피어오르는 흙먼지 속에서 들려온 목소리.

애초에 이 공격으로 천무진이 죽을 확률은 미미하다는 걸 알았기에 그가 살아 있는 건 그리 놀라운 일이 아니었다.

다만 문제는······.

흙먼지 사이에서 걸어 나오는 천무진의 상태를 확인한 상무기의 표정이 말로 형용할 수 없을 정도로 일그러졌다.

폭발에 휘말린 탓에 옷매무새는 엉망이었다.

그리고 다소 헝클어진 머리카락과 살짝 베인 듯한 몇 개의 흔적들.

허나 그게 전부였다.

검강과 벽력탄의 폭발에 휘말렸던 사람이라고는 도저히 믿을 수가 없는 상태다.

하물며 우내이십일성 수준에 있는 상무기가 펼친 것이었으니 결코 그 위력이 가벼웠을 리가 없다.

놀란 듯 굳어 있는 상무기를 향해 천무진이 덤덤한 목소리로 말했다.

"보여 줄 건 이제 끝인가?"

마치 고작 이게 다냐는 듯한 말투에 상무기의 얼굴이 붉어졌다.

"이, 이이……!"

"아무래도 너한테서 더 기대할 만한 건 없을 것 같네."

천인혼을 든 천무진이 앞을 향해 몸을 기울이며 입을 열었다.

"그럼 이제 죽어."

*　　　*　　　*

천무진과 하나가 된 천인혼이 옆으로 비집고 들어왔다. 그 공격을 받아 내긴 했지만, 상무기의 몸은 옆으로 밀려 나갈 수밖에 없었다.

한 번의 호흡.

하지만 그 순간에 수십 차례의 공격이 쏟아져 들어왔다.

카캉캉!

상하좌우를 가리지 않고 매섭게 휘몰아치는 천무진의 공격에 상무기는 정신을 차리기 어려웠다. 빠른 공격, 거기다가 정확함과 묵직한 힘까지.

제아무리 십천야 중에서 무공이 약한 편에 속한다고는 하지만 그래도 이건 너무도 일방적으로 밀리고만 있었다.

매섭게 쏟아지는 천무진의 공격을 받아 내기 급급하던 상무기가 기회를 노리다 치고 들어갔다.

파바박!

검을 쥔 반대편 손으로 짧은 단검을 뽑아 든 그가 천무진의 상체를 할퀼 것처럼 빠르게 움직였다.

거리는 가까웠고, 단검이라는 특이점을 이용해 펼친 공격이었다.

하지만 천무진은 그 공격을 손바닥으로 가볍게 막아 냈다.

단검을 쥔 채로 움직이는 손을 손바닥으로 연신 받아 내며, 그 공격들을 단번에 무위로 돌려 버린 것이다.

재빠르게 변화를 보이며 사이로 파고들어 가 보려 했지만 천무진은 놀라울 정도로 정확하게 손바닥으로 모든 공격들을 사전에 차단했다.

게다가 공격을 막는 걸로 모자라 손바닥에 힘을 실어 오히려 상무기에게 일격을 가했다.

쿵!

땅을 강하게 내리밟으며 움직인 천무진의 손바닥과 단검을 쥔 상무기의 주먹이 충돌했다.

으드득!

마치 뼈가 부러지는 것 같은 소리와 함께 상무기의 팔목이 꺾이며 뒤로 밀려 나갔다.

고통에 이를 악무는 찰나, 천무진의 천인혼이 날아들었다.

부웅!

'더럽게 빠르네!'

눈 깜짝할 사이에 다가온 그의 움직임을 보며 상무기는 식겁할 수밖에 없었다. 다급히 몸을 비틀며 천인혼을 흘려보낸 상무기는 곧장 발을 올려 차며 천무진의 턱을 노렸다.

파앙!

공격은 애꿎은 허공을 갈랐고, 공격을 피한 천무진은 곧장 몸을 낮추며 땅을 디딘 채 버티고 서 있는 상무기의 발을 걷어찼다.

퍽.

한 발로 몸을 지탱한 채 허공을 향해 다리를 추켜올렸던 상무기로서는 균형을 잃고 쓰러질 수밖에 없었다.

'이런!'

중심을 잃고 쓰러지는 와중에 눈에 들어온 것은 정확하게 자신의 몸통을 노리고 찔러 들어오는 천인혼이었다. 허공에 뜬 상태에서 상무기는 다급히 회전하면서 손을 움직였다.

손바닥에서 뻗어져 나간 장력이 천무진을 밀어내는 데 성공했다.

다만 상무기 또한 완벽하게 천인혼을 피해 내지는 못했다.

탁!

가까스로 바닥에 착지한 상무기는 허리춤을 움켜쥐었다. 뜨거운 피가 손가락 사이로 줄줄 흘러넘쳤다.

휘두른 일장을 천무진의 가슴에 적중시키며 그를 밀어낸 덕분에 다행히 치명타는 피할 수 있었지만, 그렇다고 해서 지금 옆구리에 입은 이 상처가 결코 가벼운 것은 아니었다.

상무기는 공격이 이어질 것을 대비해 황급히 뒤로 수십여 걸음을 물러섰다.

그리고 상무기는 곧장 피가 쏟아지는 옆구리 부분의 혈도를 점혈했다.

그는 한 손에는 검을, 반대편 손에는 짧은 단검을 쥔 채로 양손을 교차시키고는 그 틈으로 천무진의 움직임을 예의 주시했다.

몇 차례 연신 피를 쏟아 낸 탓인지 안색은 하얗게 질려 있었다.

거기다 넘을 수 없는 벽을 마주한 막막함으로 인해 가슴까지 답답했다.

상무기는 이를 악문 채로 고민에 잠겼다.

'대체 어떻게 해야 하지?'

사실 이대로는 결과가 너무도 뻔하지 않은가.

죽음.

그 최악의 상황이 점점 코앞으로 다가오고 있는 기분이었다.

도망을 치는 것이 지금으로선 최선이었는데, 문제는 아무런 방패막이도 없는 지금은 그것 또한 불가능하다는 점이었다.

완벽하게 함정을 파고 자신을 기다렸던 천무진이다.

함께 들어온 귀살 전원 또한 이 정도 소란이 일었음에도 불구하고 아무런 기척이 없었다.

이곳 은형방의 별관과 인근에 있는 다른 거처들을 치러 간 이들 또한 모두 자신과 마찬가지로 기다리고 있던 천무진 일행과 조우했을 게 분명했다.

그렇다면 그 상대는 단엽과 믿을 수 없는 실력을 보여 준 적화신루의 백아린과 한천.

세 사람 모두가 엄청난 실력자들이니 제아무리 수하들의 숫자가 서른 명이 된다 해도 승산은 없었다.

'수하 몇 명만 데리고 왔다면 어떻게든⋯⋯.'

뒤늦은 후회를 곱씹던 상무기의 표정이 일순 돌변했다.

어떠한 생각이 머릿속을 번개처럼 스쳐 지나간 탓이다.

'잠깐?'

잊고 있었던 한 가지가 떠올랐다.

그건 다름 아닌 바깥에 두고 온 수하들이었다.

이곳 은형방까지 데리고 온 건 대략 사십여 명 정도였다.

개중에 서른 명을 데리고 내부로 들어왔고, 나머지 열 명의 귀살 살수들을 주변을 감시하며 혹시 모를 군마련의 도움을 사전에 방지하기 위해 바깥에 배치해 뒀다.

그렇다면……!

체한 듯 답답했던 속이 확 하고 후련해진 기분이 들었다. 살 수 있는 방도가 떠오르자 잔뜩 어그러져 있던 표정 또한 한결 나아졌다.

바깥에 놔둔 열 명이나 되는 귀살의 살수들.

물론 그들이 개입한다고 해서 천무진을 이길 수 있을 확률은 극히 낮았다. 허나 적어도 그들이 있다면…… 도망치는 건 가능했다.

그 열 명이라면 최소한의 시간은 벌어 줄 테고, 자신은 그 틈을 이용해 도망치면 그만이었으니까.

빠르게 생각을 정리한 상무기는 재빨리 품 안에 손을 넣었다. 그러고는 이내 품속에 감춰 둔 뭔가를 꺼내 들었다.

그건 다름 아닌 신호탄이었다.

상무기는 천무진에게 저지를 당할까 염려가 되었는지, 신호탄을 꺼내어 들기 무섭게 재빨리 그것을 사용했다.

신호탄의 아랫부분을 가볍게 쳤지만, 그것은 별다른 변화를 보이지 않았다.

아무런 것도 보이지 않았고, 소리도 들리지 않았다.

하지만…….

"흐음."

천무진은 신호탄이 향했던 위쪽을 바라보고 있었다. 사실 그의 눈에도 아무런 것이 보이지 않았다. 하지만 천무진은 알고 있었다.

특별히 눈에 보이는 것이 없고, 아무런 소리도 들리지 않았지만 그건 이 신호탄이 특별하기 때문이라는 것을.

애초에 살수 집단인 귀살을 이끄는 귀문곡주가 사용한 신호탄이다. 아무나 알아차릴 수 있게 소리가 나거나, 빛이 새어 나가는 방식을 이용할 리가 없다.

아마도 특별한 훈련이 된 이들만 알 수 있는 무엇이 드러나게 되어 있는 것이리라.

상대가 신호탄을 사용한 것을 알아차렸음에도 불구하고 천무진의 행동에는 동요하는 기색이 전혀 보이지 않았다.

오히려 아무렇지 않게 천무진이 입을 열었다.

"불량품은 아닐 테고 보이지 않는 뭔가로 수하들을 불러오려는 모양이군."

"분하지만 혼자선 널 감당할 수 없어서 말이야."

"뭐, 좋은 판단이네. 다만……."

천무진이 피식 웃음을 흘리며 천천히 말을 이었다.

"누가 올 수 있다면 말이지."

의미심장한 천무진의 그 한 마디에 상무기는 움찔했다. 하지만 이내 그는 전혀 아무렇지 않다는 듯 여유 있게 천무진의 말을 받아쳤다.

"은형방에 들어온 놈들이 내가 데리고 온 인원의 전부라고 생각하나? 그랬다면 착각이야."

말을 끝낸 상무기는 손에 들린 검에 내력을 불어넣었다.

신호는 보냈고, 이제 남은 건 오직 하나.

그들이 올 때까지 버티는 것뿐이었다.

'최대한 거리를 두고 싸운다.'

어차피 목표가 확실한 이상 수하들이 도착할 때까지 버티는 것에 주력할 생각이었고, 당연히 근거리보다는 원거리에서 움직여 주는 게 시간을 끄는 데 용이했다.

상무기는 재빨리 손에 들린 단검을 던졌다.

카앙!

천무진이 가볍게 단검을 쳐 내는 사이 상무기가 재빠르게 옆으로 움직이고 있었다.

슈슈슈슉!

소매 속에 감춰진 암기 통에서 비침들이 쏟아져 나왔다. 허나 천무진은 이에 아랑곳하지 않고 오히려 거리를 벌리려는 상무기를 향해 달려들었다.

부웅!

비침들이 지척에 도달하는 순간 천무진의 몸이 허공으로 솟구쳤고, 이내 빠르게 떨어져 내리며 단번에 상무기를 덮쳤다.

카카캉!

어차피 힘에서도 밀려 버티는 것조차 어려웠지만 애초부터 거리를 벌린 채로 도망치며 싸우기로 정한 상황. 상무기는 그 힘에 밀려 나가듯 뒤편으로 다시금 거리를 벌렸다.

하지만 천무진 또한 쉽사리 놓치지 않으려는 듯 휘두른 천인혼에서 검기 하나가 빠르게 날아들었다.

껑충 뛰어오르며 그것을 가까스로 피해 낸 상무기는 재빨리 뒷걸음질 쳤다.

그런 그의 모습을 보며 천무진의 입가가 씰룩였다.

'시간을 끌 생각인가 본데.'

천무진은 손에 들린 천인혼을 향해 내력을 쏟아부었다.

그 순간 천인혼 주변으로 새카만 기운이 연기처럼 피어오르기 시작했다. 천무진이 등 뒤쪽까지 내뻗었던 천인혼을 번개처럼 휘둘렀다.

그 순간 천인혼을 감싸고 있던 흑색 강기가 요동치듯 쏟아져 나갔다.

날아드는 흑색 강기를 확인한 상무기는 기겁을 할 수밖

에 없었다. 몰려드는 기운을 감지했을 때부터 보통 공격이 아니라는 건 느꼈지만, 막상 마주하는 순간 느껴지는 그 위압감은 더욱 컸다.

흡사 쩍 벌린 호랑이의 입 안으로 빨려 들어가는 듯한 공포.

천룡비공의 흑령무상(黑靈無狀)이라는 초식이었다.

마치 채찍처럼 위에서 아래로 떨어져 내리는 강기를 보며 상무기는 마찬가지로 강기로 대적할 수밖에 없었다.

파라벽강기(破羅霹罡氣)!

어르신에게 전수받은 무공으로 오래전 천하를 좌지우지하던 벽력염왕(霹靂閻王)이라는 인물의 절초였다.

흑령무상과 파라벽강기가 맞붙는 순간!

우우우웅!

낮은 공명음과 함께 아주 찰나의 순간 묘한 적막이 찾아든 느낌이었다. 허나 그것은 곧 있을 후폭풍을 위한 전조에 불과했다.

드득, 드드득!

기괴한 소리가 울림과 동시에 두 개의 힘이 허공에서 엄청난 기운을 뿜어내기 시작했다.

콰콰콰콰쾅!

은형방 내부를 장식하고 있던 관상용 돌과 나무들, 그리고 건물들이 부서지며 사방으로 나뒹굴었다. 커다란 태풍이 휩쓸고 간 것처럼 주변의 모든 것들이 휩쓸리며 사라져 간다.

두 힘이 충돌하는 바닥에는 엄청난 양의 폭약이 터진 것처럼 큰 구덩이들이 생겨났다.

쾅쾅쾅!

연달아 폭음이 진동하며 주변의 것들이 터져 나가는 사이.

서로를 노려보며 두 사람이 힘 싸움을 이어 가고 있었다.

천무진과 대적하고 있던 상무기는 문득 전신의 뼈가 으스러지고 있는 것이 아닐까 하는 생각이 들었다.

온몸의 근육들이 떨려 왔고, 막대한 내공을 쏟아부으며 강기의 대결을 펼치는 탓에 가뜩이나 엉망이 된 속이 연신 날뛰었다.

버티고 선 다리는 쉴 새 없이 떨렸고, 입가에서는 비릿한 피 맛이 느껴졌다.

눈앞이 하얗게 변할 정도로 힘들었지만…….

'버틴다! 곧…… 그 녀석들이 온다!'

이 같은 힘든 대결에서도 상무기가 물러나지 않고 버티고 선 건 다름 아닌 수하들이 올 시간을 벌기 위함이다. 신호탄도 쏘았고, 지금 이 정도로 커다란 소란도 일었으니 이쯤이면 바깥에서 대기하고 있던 열 명의 수하들 또한 금방 도착할 것이다.

그때까지 목숨만 부지할 수 있다면…… 이 싸움은 자신의 승리다.

상무기는 이를 악문 채로 자신을 향해 점점 다가오는 천무진의 힘에 대항하며 억지로 버티고 서 있었다.

찰나의 시간이 마치 억겁처럼 느껴질 정도로 고통스러운 순간들.

덜덜덜!

무섭게 떨리는 전신을 간신히 지탱한 채로 상무기는 지옥과도 같은 시간을 견디고 있었다.

둘이 쏟아부은 강기의 충돌은 주변의 모든 것들이 찢어발겨질 정도로 엄청난 격돌이었다.

물론 무공 자체가 암살에 특화되어 있다 보니 일반적인 무인보다는 살수에 가까워 전면전에서는 제 능력을 십 할 발휘하기 어려웠지만, 그걸 떠나 상무기 또한 천하에서 적수를 찾아보기 어려울 정도의 실력자였다.

그리고 실제로 자신을 살수라 하기보다는 무인으로 분류할 만큼 무공에 대한 자신감도 넘쳤다.

그토록 뛰어난 인물.

하지만 오늘은 운이 없었다.

그 상대가 천무진이었으니까.

그렇게 모든 힘을 쥐어짜서 버티고 서 있던 상무기였지

만 결국 한계가 찾아올 수밖에 없었다.

'더는…… 무리야.'

이대로 가다가는 자신이 펼친 파라벽강기는 흔적조차 없이 사라질 테고, 그것을 넘어선 천무진의 기운이 고스란히 자신을 덮칠 것이다.

차라리 그럴 바에는…….

'흘려보낸다!'

자신이 쏟아 내고 있는 강기의 방향을 비틀어 천무진에게 쏘아 보낼 생각이었다. 물론 그 대가로 자신 또한 천무진이 펼친 강기를 받아야겠지만, 어차피 이대로 갔다가는 일방적으로 당할 뿐이다.

살아만 있다면, 그리고 도망칠 힘만 남아 있다면 그거면 된다.

"크ㅇㅇㅇㅇ!"

비명 소리에 가까운 고함과 함께 상무기는 격돌하고 있던 강기의 방향을 비틀었다. 물론 그건 쉬운 일이 아니었다. 천무진이 쏘아 낸 강기와 마주하고 있는 상황에서 옆으로 기운을 흘려보낸다는 것 자체가 엄청난 힘이 소모되는 일이었으니까.

그렇게 전신의 힘을 짜낸 덕분에 상무기는 자신의 계획을 완성시킬 수 있었다.

드드드득!

마치 긁히는 듯한 소리와 함께 두 개의 힘이 교차되어 상대방을 향해 나아갔다.

서로를 막던 힘이 사라지자 두 개의 강기는 기다렸다는 듯 상대방을 뒤덮었다. 새하얀 강기가 천무진을 덮치는 사이, 새카만 흑색 강기가 상무기의 시야를 가득 채웠다.

쏴아아아아!

쿠콰콰콰쾅!

연달아 터져 나오는 폭음과 함께 강기가 도달한 지점에는 엄청날 정도로 큰 충격파가 퍼져 나갔다. 덩달아 그 안에 자리한 두 사람에게도.

커다란 폭발이 휩쓸고 간 자리.

그곳에서 먼저 소리를 토해 낸 건 다름 아닌 상무기였다.

"컥컥."

털썩.

피를 줄줄 흘리며 비틀거리던 그가 소리와 함께 바닥에 무릎을 꿇었다. 흑령무상의 초식을 최대한 비켜 맞았음에도 불구하고 이미 그는 피투성이였다.

더군다나 그게 끝이 아니었다.

비어 버린 왼팔. 이번 격돌로 인해 그의 왼팔이 팔꿈치 위쪽으로 해서 아예 잘려져 나간 것이다.

거기다 강기의 대결에서 입은 내상과 이번 일격으로 인해 몸속은 완전히 진탕이 되어 버렸다.

실핏줄이 잔뜩 터진 눈동자는 마치 피가 나는 것처럼 붉게 물들어 있었다.

상무기는 침과 피가 뒤섞인 것들을 연신 줄줄 흘려 대며 붉은 눈으로 정면을 응시했다.

알고 있었으니까.

천무진이 지금 자신을 향해 다가오고 있다는 사실을. 그리고 그런 상무기의 생각대로 폭발 속에서 천무진이 조금씩 모습을 드러냈다.

그 안에서 걸어 나온 천무진은 상무기와는 대조적이었다.

이 정도의 충격파에 휩쓸렸으니 행색이 엉망인 건 당연했다.

허나 크게 눈에 띄는 부상은 보이지 않았다.

순간 천무진이 입을 열어 안에 있는 피를 뱉어 냈다.

"퉤."

가볍게 피를 뱉어 낸 그는 손등으로 입가를 스윽 문질렀다.

번져 버린 피가 입 주변을 더럽혔지만, 사실 지금 두 사람의 상태는 비교 불가였다.

한쪽은 팔을 잃고, 피투성이가 되어 버렸다.

반면 다른 한쪽은 조금의 내상을 입은 정도였을 뿐 별다른 타격이 없어 보였다. 싸우며 입은 몇 개의 잔부상들 또한 그리 깊지 않은 지금, 완전 반송장이 되어 버린 상무기로서는 더 이상 천무진을 상대로 버텨 낼 재간이 없었다.

생각보다 더 멀쩡한 천무진의 모습에 상무기는 절망할 수밖에 없었다.

무릎을 꿇은 채로 숨을 몰아쉬고 있던 상무기가 슬쩍 옆으로 시선을 돌렸다.

대체 왜 오지 않는 것인가?

분명 이 정도라면 도착하고도 남았어야 할 시간인데…….

바로 그때 먼 거리에서 마주하고 있던 천무진이 입을 열었다.

"혹시나 해서 물어보는 건데 지금 기다리고 있는 게 바깥에 대기시켜 놓은 그놈들인가?"

천무진의 그 한 마디에 상무기가 화들짝 놀라 더듬거렸다.

"그, 그걸 어떻게…….."

"이런 맞나 보네. 그런데 이걸 어쩌나."

천천히 다가오며 뭔가를 이야기하려는 천무진을 향해 떨리는 시선을 보내는 상무기. 그런 그를 향해 천무진이 비웃음과 함께 말을 이었다.

"처음부터 거기엔 백아린이 있었거든."

애초부터 그 열 명은 올 수가 없었다.

외부에 있던 그들은 백아린에 의해 오히려 제일 먼저 정리가 되었을 테니까.

희망이 사라지는 순간 상무기의 낯빛이 흙빛으로 변했다. 그가 절망하듯 잘려져 나간 왼쪽 팔 부분을 감싸 쥔 채로 고개를 떨어트렸다.

잘린 부위에서 쉼 없이 쏟아져 나오는 뜨거운 피가 지금 이 모든 것이 현실이라는 걸 말해 주고 있었다.

번쩍 고개를 든 상무기의 입에서 절규에 가까운 비명이 터져 나왔다.

"으, 으아아아아!"

5장. 수순
― 그렇게 해

　은형방에서 있었던 싸움.

　십천야의 일원인 상무기와의 일이 이렇게 마무리되어졌다.

　강기의 격돌 이후 상황이 잠잠해지자 각자의 자리를 지키고 있던 세 사람이 천무진이 있는 장소로 모습을 드러냈다.

　각자의 방향에서 걸어오던 세 사람은 서로를 향해 가볍게 손을 들어 올려 보였다. 처음부터 이 셋은 각자 위치를 정한 채로 그곳에서 들어오는 귀살의 살수들을 상대했다.

　그 숫자가 무려 사십여 명에 달했지만, 이 셋에게 그들은 큰 문제가 아니었다.

애초부터 살수는 은밀하게 사람을 죽이는 데 특화된 이들이다.

그런데 막상 그곳에 있는 세 사람이 오히려 그들이 올 걸 알고 노리고 있었으니, 더더욱 싸움은 쉽게 끝날 수밖에 없었다.

다가오던 도중 단엽이 주변을 둘러보며 혀를 내둘렀다.

"시원하게 한판 했네."

최대한 소리 없이 은밀하게 귀살의 살수들을 제압한 셋과는 달리 천무진은 우내이십일성 수준의 고수인 상무기와 요란하게 싸움을 벌였다.

굳이 기척을 감추고 싸워야 할 이유도 없었기에 더더욱 주변은 엉망이었다.

다가온 단엽이 불만스레 말을 이었다.

"주인, 혼자서만 재미 보기 있어? 나한테는 잔챙이만 맡겨 놓고 말이야."

"얼마 전에 손맛 봤잖아. 그게 얼마나 됐다고."

천무진이 우내이십일성의 하나인 나환위와 싸웠던 일을 언급하자 단엽은 입맛을 다실 수밖에 없었다.

그때 천무진의 옆에 도착한 백아린이 아래에 쓰러져 있는 상대를 확인했다.

상무기의 얼굴을 바라보던 백아린이 입을 열었다.

"이자가 소문이 무성한 그 귀문곡주군요."

상무기는 세 사람이 도착하기 전에 이미 숨을 거둔 상태였다. 죽어 있는 그를 내려다보며 한천이 아쉽다는 듯 말했다.

"어휴, 살려서 뭔가 좀 캐내야 했는데 벌써 죽었네."

"캐내고 싶은 게 많지만…… 입을 열 놈이 아니니까."

천무진 또한 한천의 생각을 모르는 바가 아니었다.

그리고 누구보다 아쉬운 건 천무진일 수밖에 없었다. 그토록 뒤쫓고 있는 십천야의 일원, 당연히 여러 가지 정보를 캐고 싶었다.

허나 그랬기에 잘 알았다.

십천야라는 이들은 무슨 수를 쓴다 해도 입을 열 자들이 아니라는 걸. 오히려 살려 뒀다가는 후환이 될지도 모르는 자들이었기에 천무진은 욕심을 버렸다.

천무진의 표정에서 느껴지는 아쉬움을 읽어서일까?

백아린이 걱정 말라는 듯 옆에서 말했다.

"이 시체만으로도 충분히 많은 정보를 구해 올 수 있을 거예요. 조만간 좋은 소식 손에 쥐여 드릴게요."

자신의 마음을 눈치채고 다독이는 백아린의 말투에 천무진은 자신도 모르게 픽 웃고야 말았다.

그가 말했다.

"그래 주면 고맙지."

한결 표정이 밝아진 천무진의 모습에 마찬가지로 기분이 좋아진 백아린이 살짝 웃다가 이내 걱정스레 물었다.

"그런데 다친 덴 없어요?"

천무진이 질 거라는 생각은 애초에 없었다. 하지만 그래도 위험한 상대이니만큼 부상을 입을 수도 있어 걱정했던 것이 사실이다.

겉보기에는 크게 다친 곳이 없어 보였지만 싸움을 직접 본 건 아니니 정확히는 알 수 없었다.

백아린의 질문에 천무진은 가볍게 몸을 움직여 보였다.

다소 몇 군데가 쑤시긴 했지만……

"뭐 이 정도면 일정에는 전혀 문제없을 것 같군."

"다행이에요. 누구랑 다르게 큰 부상은 없어서."

말을 내뱉으며 백아린은 슬쩍 옆에 자리하고 있는 단엽을 바라봤다. 지금 그녀는 얼마 전 화산파에서 있었던 단엽과 나환위의 싸움을 언급하고 있는 것이었다.

그 싸움 때문에 며칠을 화산파에서 머물렀고, 그 기간 동안 자꾸 찾아오는 자운 때문에 무척이나 번거로웠던 백아린이다.

그 사실을 떠올리며 가볍게 눈을 흘기는 백아린을 향해 단엽이 펄쩍 뛰며 답했다.

"무, 무슨 소리야! 나도 멀쩡했거든?"

물론 단엽의 말 또한 맞았다.

우내이십일성인 나환위를 제압한 것치고는 무척이나 경미한 부상을 입었던 그다. 단엽 또한 압도적으로 나환위를 제압한 건 사실이었지만, 그렇다고 해도 지금 천무진처럼 멀쩡하지는 못했다.

승부욕의 화신인 단엽이 억울하다는 듯 빠르게 말을 이었다.

"그리고 이런 놈보다야 당연히 나환위가 한 수 위 아니었을까? 그치 주인?"

간절한 시선으로 단엽이 천무진을 바라봤다.

허나 그런 그의 간절한 바람에도 불구하고 천무진이 가볍게 어깨를 으쓱하며 답했다.

"아닐걸."

"으으!"

단엽이 머리를 부둥켜 쥔 채로 억울한 표정을 지어 보였다. 하지만 직접 겨뤄 보기는커녕, 실력조차 전혀 드러나지 않은 존재를 가지고 자신의 생각을 강하게 밀어붙일 수는 없었다.

단엽이 툴툴거렸다.

"아이씨, 역시 이 자식을 내가 박살 냈어야 했는데."

단엽이 상무기를 바라보며 아쉽다는 듯 말을 이어 나가던 그때 천무진이 입을 열었다.

"이야기는 돌아가서 하고, 우선은 뒷정리부터 끝내지."

이곳 은형방에서 꽤나 큰 소란을 일으켰으니, 뒷정리 또한 제법 손이 갈 수밖에 없었다. 천무진의 말에 알겠다는 듯 고개를 끄덕인 세 사람이 몸을 돌려 각자의 자리로 움직이던 중이었다.

몇 걸음 나아가던 백아린이 멈칫하더니 이내 천무진을 향해 돌아왔다.

상무기의 시신을 수습하려던 천무진은 다가오는 그녀를 향해 시선을 돌렸다. 그의 옆에 도착한 백아린이 입을 열었다.

"할 말이 있는데 지금 괜찮아요?"

"물론이지. 뭔데?"

천무진을 향해 백아린이 물었다.

"그럼 이제 귀문곡에 대한 용무는 끝나신 거예요?"

"당장에는 뭐 특별한 건 없지. 그런데 그건 왜?"

물어 오는 천무진의 질문에 백아린이 조심스레 속내를 밝혔다.

"귀문곡주가 죽었잖아요. 그럼 당장 그곳엔 마땅한 수장이 없을 거고요. 조만간 다시금 정비를 하긴 하겠지만……

이런 혼란스러운 틈을 놓치지 않고 그들을 적화신루가 흡수하면 어떨까 싶어서요."

사사로운 욕심으로 비칠까 염려되어 어렵사리 꺼낸 말, 그렇지만 천무진은 오히려 너무도 쉽게 고개를 끄덕였다.

"그렇게 해."

"정말 그래도 되겠어요?"

화색을 띠며 백아린이 되물었고, 그런 그녀를 향해 천무진이 말했다.

"당신이 그렇게 하고 싶으면 그렇게 해. 어차피 그대로 둔다면 또 다시 십천야가 비밀리에 움직일 수 있으니까. 그 전에 적화신루가 귀문곡을 손에 넣으면 나야 훨씬 좋지. 그리고…… 원래 그렇게 적화신루 아래로 들어가는 게 귀문곡의 운명이기도 했고."

"운명이요?"

의아하다는 듯 물어 오는 백아린을 향해 천무진이 답했다.

"저번 생에서 귀문곡은 적화신루 아래로 흡수됐었거든. 뭐 좀 빨라지긴 했지만, 어차피 정해진 수순이었어."

"그래요? 어떻게 귀문곡을 먹었대요?"

궁금한 듯 물어 오는 백아린을 향해 천무진이 짧게 한마디 내뱉었다.

"당신네 루주 덕분이지."

루주 덕분이라는 말에 백아린은 움찔했다.

천무진이 말하는 그 루주는 다름 아닌 자신이었으니까. 당황한 그녀가 채 말을 잇지 못할 때 천무진의 설명이 이어졌다.

"적화신루의 루주가 단신으로 귀살을 쓸어버렸거든. 그러고는 틈도 주지 않고 곧바로 귀문곡까지 집어삼켰지. 덕분에 적화신루는 가장 큰 정보 단체가 되었고 말이야."

"……그렇군요."

백아린이 작게 고개를 끄덕였다.

이야기를 전해 들은 백아린은 문득 운명이란 게 참으로 얄궂다는 생각이 들었다.

물론 이번 일의 주역은 백아린이 아닌 천무진이었지만, 결과론적으로 본다면 이번에도 마찬가지로 적화신루의 루주인 그녀가 직접 나서 귀살의 일부를 쓸어버림과 동시에 귀문곡을 집어삼킬 계획을 꺼냈으니 말이다.

생각에 잠겨 있던 백아린의 귓가로 천무진의 나지막한 중얼거림이 들려왔다.

"그럼 이제 남은 건 여덟 명인가."

"네? 그게 무슨……."

"십천야 말이야. 당신이 하나, 내가 하나를 제거했으니 정말 이름대로 열 명이라면 이제는 여덟 명이 남았을 거 아냐."

"아, 그렇겠네요."

천무진은 문득 과거의 기억을 떠올렸다.

자신을 조종했던 얼굴이 떠오르지 않는 그녀와 최후를 맞이하는 순간 병신 같은 새끼라며 욕설을 내뱉었던 그자까지.

그 둘도 십천야일까?

장담할 순 없지만…… 아마도 그럴 공산이 컸다.

천무진은 자신의 주먹을 가볍게 쥐었다 폈다를 반복했다.

과연 언제 그들을 마주하게 될지 알 순 없었지만 이렇게 계속해서 나아가다 보면 결국 이 길의 끝에 그 두 사람이 있을 거라 확신했다.

그때 백아린이 말했다.

"아 참, 귀문곡주의 시신은 우선 인근까지만 옮기고 그 이후에는 적화신루 쪽 사람들을 통해 이동시킬 생각이에요. 얼굴도 정확하게 확인할 수 있으니 이걸 통해서 추가적인 정보부터 구해 볼 생각이고요."

"그건 당신이 전문이니까 알아서 하면 될 것 같군."

"그럼 믿고 맡겨 주시는 만큼 좋은 결과를 보여 드려야겠네요. 귀문곡을 집어삼키는 것도 엄청난 속도로 마무리 짓도록 할게요."

백아린이 씩 웃으며 답했고, 그런 그녀를 바라보던 천무진은 문득 생각난 듯 말했다.

"그러고 보니 당신네 루주가 진짜 속사정을 알면 그리 좋아하진 않을 일이네. 그가 얻었어야 할 업적을 내가 가로채 버린 거니까."

천무진이 기억할 정도로 꽤나 충격적이었던 사건.

그런 큰 업적을 자신이 중간에서 가로챈 격이니, 사실을 안다면 속이 쓰릴지도 모른다는 생각이 들어서 한 말이었다.

하지만 천무진의 말에 백아린은 고민조차 하지 않고 고개를 저었다.

"……아뇨, 그렇진 않을 거예요."

백아린은 그런 위명에는 큰 욕심이 없었다. 거기다가 우습게도 얼결에 그 일에 함께했으니, 어찌 보면 과거와 크게 달라진 것이 없다고 봐도 무방했다.

그런 그녀를 향해 천무진이 물었다.

"아닐 거라 확신하는 거야?"

"그럼요. 저희 루주님은 속이 꽤나 넓은 분이거든요. 그 사실을 알아도 아무렇지 않으실걸요."

백아린이 장난스럽게 답했다.

그녀의 말에 천무진이 실소를 흘리며 중얼거리듯 말했다.

"그래? 당신이 그렇게 말하니 다시 조금 궁금해지는군그래. 적화신루의 루주라는 사람이."

천무진은 적화신루의 루주에게는 별 관심이 없었다. 처음엔 과거의 삶에서 보여 줬던 엄청난 능력 때문에 어느 정도 만나고 싶어 했던 것이 사실이나, 백아린과 함께하며 굳이 루주와 직접 대면하기보다는 신뢰가 생긴 그녀와 함께하는 것으로 충분하다는 생각이 들었다.

그 이후부터 천무진은 적화신루의 루주를 만나려고 하지 않았다.

반쯤 농담으로 한 말임을 알고 있음에도 불구하고 천무진을 바라보는 백아린의 마음은 복잡했다.

천무진에게 자신이 적화신루의 루주인 걸 밝히지 않아서였다.

신루에 관련된 몇몇 이들을 제외하고는 모두에게 감춰온 비밀이었고, 당연히 그래야 할 일이었다. 그건 상대가 누구라 할지라도 다르지 않았다.

헌데…… 이상하게 신경이 쓰였다.

천무진에게 진실을 말하지 않았다는 것이.

왠지 모르게 천무진을 속이고 있다는 생각이 들어서였다.

백아린은 적화신루를 위해 계속해서 지금처럼 루주라는 정체를 감추고 있을 생각이었다. 그것이 자신이 직접 움직이기에도 용이하고, 더욱 빠르게 적화신루를 키울 수 있는 방법이었기 때문이다.

설령 천무진에게 자신의 진짜 정체를 밝힌다 해도 그가 주변에 떠들고 다닐 인물이 아니라는 건 옛날부터 파악하고 있었다.

허나 그런 식으로 한 사람씩 알게 되는 사람이 많아진다면 결국 생각지도 못한 일이 벌어질 수 있는 법이다.

그랬기에 천무진을 믿으면서도 굳이 적화신루의 루주라는 사실을 밝힐 생각이 없었지만…….

요즘 따라 점점 자신이 루주라는 걸 밝히지 않았다는 사실이 마음에 걸리는 그녀였다.

천무진이 과거에 어떠한 경험을 했는지 알기에 더더욱.

그는 사람을 쉽사리 믿지 않는다.

저번 생에서 당했던 안 좋은 일들 때문이다.

헌데 그런 와중에서도 천무진은 백아린에게 조금씩 믿음을 보여 주고 있었다.

그런 그에게 언제까지 이 일을 감춰야만 할까?

물론 적화신루의 루주라는 사실을 감춘다고 하여 천무진

이 손해를 볼 것도, 그렇다고 자신이 뭔가 부족하게 도움을 주는 건 분명 아니었다.

차이는 그저 그 사실을 아는지, 모르는지 그것뿐이다.

이대로도 충분하다고 생각이 되었지만, 점점 그조차도 미안하다고 느껴지는 건 그만큼 천무진이라는 사내와 가까워져서이리라.

그의 아픔을 알고, 꿈꾸는 미래를 안다.

그리고 그가 걷고자 하는 길을 백아린 또한 함께 만들어 주고 싶었다.

가만히 천무진을 바라보던 백아린이 입을 열었다.

"어쩌면…… 조만간 루주님을 만나실지도 모르겠네요."

"그래? 굳이 그럴 필요까지는 없는데."

대수롭지 않게 답하는 천무진을 바라보며 한천이 들으면 놀라 까무러칠 말을 백아린이 천천히 내뱉었다.

"……왠지 루주님이 당신을 보고 싶어 하시는 것 같아서요."

*　　　*　　　*

상무기를 제거한 천무진은 곧바로 세 명의 일행들과 함께 마교로 복귀했다.

며칠 정도 자리를 비웠어야 했던 여정.

그 여정에서 돌아온 천무진이 가장 먼저 확인한 것은 역시나 의선과 마의가 한창 찾고 있는 흑주염의 해독약에 관해서였다.

예상대로 아직까지 해독약에 관해서는 별다른 진전이 없었다. 그리고 해독약과는 별개로 진행했던 또 하나의 의뢰.

바로 검산파에서 훔쳐 왔던 보석에 관해서였다.

천무진을 고통 속으로 몰아넣었던 그 정체 모를 보석. 그것을 잠시 품 안에 넣고 있었던 것만으로 며칠을 앓았다.

허나 문제는 그것이 다른 이에게는 전혀 아무런 반응을 보이지 않는다는 점이었다. 그렇다면 당시 천무진의 내공의 흐름을 막아섰던 그 정체 모를 반응은 대체 무슨 연유에서일까?

아무리 생각해도 원인은 그 붉은 보석밖에 없었고, 왜 그것이 유독 천무진에게만 그런 효과를 보였는지 도저히 짐작조차 가지 않았다.

그렇게 간단히 일을 끝마친 천무진은 곧이어 자신을 찾아온 손님을 맞이하게 됐다.

이를 위해 마교 내성에 위치한 은밀한 장소가 따로 마련되었고, 그곳에 먼저 도착해 있던 천무진은 뒤이어 모습을 드러낸 상대를 마주했다.

천무진을 따르기로 약조를 한 마교의 대표 가문 중 하나.

전왕묵검가의 가주 채륜이었다.

채륜은 미리 와서 자리하고 있는 천무진과 백아린을 발견하고는 먼저 인사를 건넸다.

"이런 제가 늦었군요."

"괜찮소. 우리도 막 도착해서 말이오."

천무진이 짧게 답할 때였다. 어느덧 앞에까지 다가온 채륜이 의자에 앉으며 물었다.

"다녀오신 일은 잘되셨습니까?"

"뭐, 계획대로 마무리됐소."

"참으로 다행입니다. 고생하셨습니다."

말을 끝낸 채륜의 시선이 자연스레 천무진의 옆에 있는 백아린에게로 향했다.

시선이 갈 수밖에 없을 정도로 아름다운 여인.

채륜이 물었다.

"그런데 여기 계신 분은……."

"아, 이런 인사가 늦었네요. 적화신루 사총관, 백아린입니다."

자리에서 일어난 백아린이 포권을 취하며 자신을 소개했다.

그녀의 정체를 전해 들은 채륜은 고개를 끄덕였다. 천무진의 조력자로 적화신루가 움직이고 있다는 것 정도는 이미 알고 있었던 바.

채륜이 입을 열었다.

"나이도 젊어 보이는데 대단한 능력자신가 봅니다. 이렇게 천룡성의 무인께서 일을 믿고 맡기는 걸 보면 말이지요."

"운이 좋았을 뿐이에요."

겸손하게 답하는 백아린의 말에 옆에 있던 천무진이 픽 웃으며 입을 열었다.

"같이 일하다 보면 적잖이 놀랄 거요. 아마 지금 가주께서 생각하시는 것보다 훨씬 더 뛰어난 인물이라서 말이오."

"호오, 그래요?"

채륜은 처음보다 더욱 깊어진 시선으로 슬쩍 백아린을 살폈다.

애초에 적화신루에서 천무진을 위해 붙여 준 인물이라는 것만으로도 충분히 능력이 있을 거라 판단했다. 헌데 다른 이도 아닌 천무진이 직접 이렇게 칭찬을 하다니…….

사실 채륜은 천무진과 알고 지낸 시간이 그리 길지 않았다. 거기다가 이번이 고작 세 번째 만남이었으니, 안다고 하면 얼마나 알겠는가.

하지만 그럼에도 불구하고 이것 하나만큼은 분명하게 알 았다.

상대는 천룡성의 무인, 그런 그의 칭찬이 결코 가벼운 의미는 아닐 거라는 걸.

놀란 듯 백아린을 바라보는 채륜을 향해 천무진이 질문을 던졌다.

"계획된 일은 어떻게 진행 중이시오?"

"차근차근 단계를 밟아 가고 있습니다. 아마 조만간 결과를 말씀드릴 수 있을 것 같군요."

채륜은 천무진의 명에 따라 오히려 반대파인 교주의 아래로 들어가게 되었고, 그것을 위해 최근 비밀리에 움직이고 있었다.

이 일은 생각보다 그리 간단한 것이 아니었다.

마교에서 세 손가락 안에 드는 명문가인 전왕묵검가는 분명 큰 힘이 될 수밖에 없다. 누구라도 그런 그들이 같은 편으로 서겠다고 한다면 쌍수를 들고 환영하는 건 당연하다.

허나 오랜 시간 중립을 지켜 왔던 그들이다.

갑작스럽게 휘하로 들어가겠다고 나선다면 오히려 의심을 살 수도 있었다.

그랬기에 다소 시간은 걸리더라도 의심받지 않게 최대한 자연스레 교주파에 융화되는 것이 목적이었다.

조만간 교주 쪽 인물들과의 회동이 있었고, 그걸 빌미로 조금씩 옷이 빗물에 젖어 들듯 그들과의 관계를 발전시켜 나갈 생각이었다.

대충 상황을 설명한 채륜이 이내 자신의 생각을 밝혔다.

"앞으로는 직접 찾아뵙기는 어려울 것 같습니다. 혹시 모를 쥐새끼가 붙을 수도 있어서 말이지요. 중요한 일을 제외하고는 적화신루를 통해 연락을 넣으려고 하는데 그쪽을 이용해도 괜찮으시겠습니까?"

"물론이죠. 얼마든지요."

물어 오는 질문에 백아린이 상관없다는 흔쾌히 대답했다.

그렇게 잠시 더 대화를 나누며 추후에 어떤 식으로 연락을 주고받을지까지 모든 것들을 매듭지은 직후 채륜이 자리에서 일어났다.

"그럼 전 이만 물러가도록 하겠습니다. 다음에 뵙지요."

"부탁하겠소."

포권을 취해 보인 채륜은 곧장 방을 빠져나갔고, 내부에는 천무진과 백아린 단둘만이 남게 됐다.

채륜이 사라지고 약간의 시간을 보낸 이후에 백아린이

자리에서 일어났다.

그녀가 기지개를 피며 입을 열었다.

"하암. 적당히 시간도 보냈으니 그럼 저희도 움직일까요?"

"그러지."

말을 끝낸 천무진 또한 일어나서는 백아린과 함께 거처를 빠져나왔다. 혹시 모를 감시자를 대비하여 주변의 기척을 살핀 두 사람은 곧장 걸음을 옮겼다.

나란히 걷던 도중 백아린이 옆에 있는 천무진에게 말했다.

"아, 전 잠시 다녀올 곳이 있어서요. 먼저 들어가 있어요."

"꽤나 바쁜 모양이네."

천무진의 말에 백아린이 씩 웃었다.

그럴 수밖에.

천무진의 일을 돕기 위해서도 바빴지만, 또 하나 생긴 새로운 일거리 때문에 정말 눈코 뜰 새가 없는 나날들이었으니까.

그건 바로 귀문곡에 관련된 일 때문이었다.

귀문곡주 상무기를 제거한 직후부터 백아린은 바쁘게 움직이기 시작했다. 바로 귀문곡을 적화신루가 흡수하기 위해서였다.

중원을 대표하는 네 개의 정보 단체 중 하나인 귀문곡.

그런 그들을 흡수한다면…… 적화신루는 중원 최고의 정보 단체 자리를 놓고 겨룰 수 있을 정도로 급성장하게 될 것이다.

물론 수장인 상무기가 사라졌다고 해도 그들 자체를 적화신루 아래에 놓는 건 쉬운 일이 아니었다.

허나 백아린은 자신이 있었다.

천무진을 바라보며 뒷걸음질 치던 그녀가 웃는 얼굴로 말했다.

"기다려요. 크게 사고 칠 준비가 끝나 가거든요."

*   *   *

"뭐? 상무기가 죽었다고?"

"예, 어르신."

상무기가 죽었다는 서찰을 전달받고 곧장 어르신이라는 존재를 찾아온 주란의 표정은 좋지 못했다.

현재 이 방 안에는 세 명의 인물이 자리하고 있었다. 휘장 안에 있는 어르신이라는 존재, 그리고 십천야인 주란과 자운이었다.

먼저 어르신을 찾아와 이야기를 나누고 있던 자운은 주란이 가지고 온 소식에 표정을 구겼다.

"무슨 헛소리야? 상무기가 왜 죽어!"

버럭 소리를 내지르는 자운의 행동에 주란은 슬쩍 표정을 구겼다. 화산파의 인물이자, 다음 대 무림맹주 후보로까지 손꼽히는 자운은 십천야 중에서도 특히 능력이 뛰어난 극소수를 제외한 나머지 인원들을 대할 때 마치 부하를 부리는 것처럼 행동했다.

그건 주란에게도 마찬가지였다.

표정을 구긴 그녀가 짜증스레 말했다.

"귀청 떨어지겠어. 내가 네 부하로 보여?"

"대답 안 해? 내가 지금 물었잖아! 상무기가 왜……."

"갈(喝)!"

두 사람이 대화를 이어가려던 찰나 휘장 안에 자리한 어르신이 버럭 소리를 내질렀다. 그러자 두 사람은 동시에 입은 닫은 채로 고개를 숙였다.

어르신이 화가 난 목소리로 말했다.

"감히 지금 여기가 어느 안전이라고 싸움질들이냐?"

"……죄송해요."

"용서를 구합니다."

주란과 자운이 어르신에게 용서를 구하는 와중에서도 슬쩍 서로를 노려보며 상대방을 향해 불쾌한 감정을 내비쳤다. 허나 둘은 더 말을 섞지는 않았다.

지금 이런 상황에서 그런 행동을 했다가는 어르신의 분노를 산다는 것을 너무도 잘 알았기 때문이다.

어르신이라는 존재가 물었다.

"자세히 설명해. 왜 그가 죽었는지. 누구한테 죽었는지도."

"그게⋯⋯."

주란은 방금 전에 전달받은 서찰에 적힌 내용을 설명하기 시작했다.

어떠한 과정으로 귀문곡에 문제가 생겼고, 그걸 위해 상무기가 직접 움직인 것. 그런데 해결을 위해 찾아간 그곳에서 상무기가 죽음을 맞이하게 된 사실까지도.

그리고⋯⋯ 그 모든 일의 배후에 천무진이 있다는 것도 말이다.

모든 이야기를 전해 들었음에도 불구하고 휘장 안에서는 침묵만이 감돌았다.

"⋯⋯."

그리고 침묵이 길어지면 길어질수록 자리하고 있는 자운과 주란의 표정은 좋지 못했다. 차라리 소리를 내 화를 내시는 게 낫다.

지금처럼 침묵이 길어진다는 건 어르신이 정말 말로 표현하기 어려울 정도로 깊은 분노에 휩싸였다는 의미였으니까.

십천야의 한 명인 왕도지가 백아린에게 죽었을 때도 무척이나 화가 치솟았던 것이 사실이다.

허나…… 지금 것은 그때와 비교도 될 수 없는 큰일이었다.

왕도지가 맡아 온 일들은 다른 십천야가 대신할 수 있었다. 하지만 상무기는 아니었다.

상무기가 죽었다는 말은 그저 그 하나만이 사라졌다는 의미가 아니었다.

십천야의 눈과 귀가 되어 주던 존재.

귀문곡이 문제였다.

휘장 안에 있는 그가 물었다.

"현재 귀문곡의 상태는?"

"그, 그게 아직은 완벽하게 파악이 안 되고 있어요."

불똥이 튈까 긴장한 어투로 주란이 답했다.

어르신은 화가 치솟았지만 그럼에도 주란에게 일이 터지고 지금까지 뭘 했냐며 분노를 토해 내지는 않았다.

아직까지 귀문곡에는 십천야와 관련된 이들이 많았다. 하지만 그렇다고 해서 그들 개개인이 귀문곡의 모든 일을 알고 총괄할 순 없었다.

그건 오로지 곡주였던 상무기만이 가능했었다.

그런 그가 죽은 지금 예전처럼 빠르게 모든 정보가 들어온다는 것 자체가 무리였다.

어르신이 재차 물었다.

"현재 귀문곡에 남아 있는 우리 쪽 사람들 중에 가장 쓸 만한 놈이 누구야?"

"기령(祁靈)이라는 자가 있는데 그가 그나마 제일 쓸 만은 할 거예요. 하지만…… 상무기를 대체하기엔 많이 모자라요."

"지금이 찬밥 더운밥 가릴 때는 아니지. 그 기령이라는 놈에게 우리 쪽에서 힘을 실어 줄 테니 곧바로 귀문곡 내부를 정리하라고 전해."

"예, 그렇게 진행하도록 할게요."

고개를 끄덕이는 주란을 향해 어르신이 재차 다짐을 받듯 말했다.

"어떻게든 귀문곡을 안정시켜! 지금 같은 시기에 귀문곡을 잃어서는 절대 안 돼!"

휘장 안에서 터져 나오는 그의 목소리에는 다급함이 묻어 나왔다. 그만큼 귀문곡의 일을 중요하게 보고 있다는 방증이었다.

휘장 속 인물의 말은 그게 끝이 아니었다.

잠시 말을 끊었던 그가 낮게 가라앉은 목소리로 재차 입을 열었다.

"자운."

"예?"

자신을 부르는 목소리에 자운이 움찔할 때였다.

휘장 안의 존재가 천천히 입을 열었다.

"아무래도…… 계획을 앞당겨야겠구나."

"계획이라고 하시면 무엇을 말씀하시는 건지……."

자운이 조심스레 물었다.

그의 질문에 휘장 속 인물이 답했다.

"천무진에 관련된 계획 말이다. 아무래도 그놈이 날뛰는 걸 멈추게 해야 할 것 같아서."

그 한마디에 자운뿐 아니라 옆에 자리하고 있던 주란 또한 놀란 듯 눈을 치켜떴다. 두 사람은 깜짝 놀란 얼굴로 서로를 쳐다보았다.

마치 잘못 들은 건 아닌지 확인이라도 하려는 듯이 말이다.

두 사람이 놀라 있는 와중에 휘장 속 어르신의 말이 이어졌다.

"천무진 그놈을 그냥 두려고 했다. 날뛰는 것이 눈에 거슬리긴 했지만 결국 그 모든 게 언젠가는 내게 도움이 될 거라 생각했으니까. 그런데…… 그게 내 실수였구나."

인정하고 싶진 않지만, 솔직히 이제는 인정할 수밖에 없었다.

천무진은 십천야에게, 그리고 자신에게 큰 위협이 되고 있다는 걸.

천무진을 그저 손톱 밑에 박힌 가시 정도로 여겼다.

따끔거리고 신경은 쓰이지만 겨우 그뿐이라고. 헌데 아니었다.

그 가시는 점점 깊게 박혀 손가락을 썩게 만들어 버렸고, 이제는 손가락을 자르지 않고서는 도저히 회복할 수 없는 지경이 되게끔 만들었다.

흑마신을 죽이며 그곳에 있던 비밀 연구소를 무너트렸고, 이어 흑주염이라는 절대 드러나서는 안 될 십천야의 치부까지 알아냈다.

그걸로도 모자라 이제는 귀문곡까지.

이 과정에서 십천야 중 두 명이 천무진 패거리에게 당했다.

이대로 놔뒀다가는 기다리던 때가 오기도 전에 십천야의 절반 이상이 날아가게 생겼다.

그렇게 된다면 제아무리 기다렸던 순간이 온다 해도 잃는 게 너무 많았다.

그랬기에 그는 과감한 결단을 내린 것이다.

나중을 위해 준비해 두었던 그 계획을 앞당기기로.

"자운, 네가 그 둘을 불러와라."

둘을 불러오라는 말에 자운은 뭔가 떨떠름한 표정을 지어 보였다. 하지만 이내 그는 부복하며 어르신의 명령에 답했다.

"명을 받듭니다."

정체 모를 이야기들을 꺼내던 휘장 속의 존재가 이내 의미심장한 목소리로 말을 던졌다.

"슬슬 천무진 그 녀석을…… 데리고 와야겠구나."

6장. 내전 전조
— 정보가 필요해요

　적화신루 광동성 화도(花都) 지부.

　그곳은 적화신루의 이총관인 황균이 머무르고 있는 장소였다. 광동성의 중앙 지역에 위치해 있어 여러 가지 정보들을 규합하기 용이할 뿐 아니라, 주요 문파들과도 적당한 거리를 두고 있다는 장점도 있었다.

　정보 단체이니만큼 당연히 비밀리에 자리하고 있는 화도 지부에 손님이 찾아왔다.

　그건 다름 아닌 육총관 어교연과 그녀의 부총관인 경패였다.

　꽤나 먼 곳에서부터 찾아온 두 사람.

허나 사전에 미리 연락을 취해 놓았기에 이곳의 수장인 황균은 두 사람의 방문에도 당황하지 않았다. 덕분에 화도 지부에 도착한 어교연과 경패는 곧장 황균의 집무실로 안내받을 수 있었다.

자신의 집무실에 자리하고 있던 황균은 안으로 들어서는 두 사람을 자리에서 일어나며 반겼다.

"어서 오시지요, 육총관. 부총관 자네도 먼 길 오느라 고생했네."

웃으며 맞는 황균을 향해 어교연과 경패가 포권을 취하며 인사를 건넸다. 그런 두 사람을 향해 황균이 앉으라는 듯 반대편에 자리한 의자를 가리켰다.

그렇게 세 사람이 마주 앉은 상황에서 어교연이 입을 열었다.

"잘 지내셨나요?"

"저야 뭐 언제나 똑같지요. 그나저나 무척이나 바쁘실 터인데 이리도 갑자기 찾아온다고 하셔서 놀랐습니다. 무슨 일이십니까?"

적화신루의 총관들은 각자 담당 구역이 있고, 그곳을 위주로 활동하는 것이 일반적이다. 그랬기에 특별한 일이 있지 않고서야 이렇게 직접 다른 총관을 만나러 움직이는 경우는 무척이나 드물었다.

질문을 던지는 황균을 향해 어교연이 답했다.

"그때 말씀드렸던 일 때문에 찾아뵈었어요."

"그때라면…… 사총관 일 말입니까?"

"네, 맞아요. 뭐 말씀 안 드려도 아시죠? 지금 사총관이 어디에 있는지."

"허허, 그럼요. 모를 리가 있겠습니까. 벌써 이곳 광동성을 자기 지역처럼 헤집고 다니는데 말입니다."

웃으며 말을 내뱉고 있었지만, 그 말투에는 가시가 느껴졌다.

황균 또한 백아린을 견제하기 시작한 입장이었기에 그녀가 자신의 지역인 이곳 광동성에서 활약을 해 나가는 모양새가 곱게 보일 리 만무했다.

더군다나 백아린이 천룡성의 일을 맡고 있는 탓에 마치 자신은 부하라도 된 듯 그녀가 부탁하는 모든 일들을 도와야만 하는 입장이었다.

그 또한 황균으로서는 맘에 들 리 없었다.

어교연이 부총관인 경패까지 대동한 채로 이곳에 온 이유는 백아린이 보다 큰 활약을 이어 가기 전에 싹을 제거하기 위함이었다.

마교에서 뭔가 일을 벌이기 시작한 백아린이 말도 안 되는 일을 성공시킬지도 모른다는 불안감 때문이었다.

그런데…… 오는 동안 생각지도 못한 일이 하나 벌어졌다.

바로 귀문곡이었다.

어교연이 슬그머니 입을 열었다.

"제가 이곳에 오는 사이에 사총관이…… 또 크게 일 하나를 벌였더군요."

지금 그녀가 말하는 것이 귀문곡에 관련된 이야기라는 걸 황균 또한 단번에 알아차릴 수밖에 없었다.

귀문곡에 대한 이야기가 나오자 황균이 조심스럽게 물었다.

"설마 이대로 그냥 두고 보실 생각은……."

"그럴 생각이라면 제가 이곳에 왔을 리가 없잖아요?"

확신 어린 어교연의 말에 황균의 표정이 한결 밝아졌다.

사실 어교연은 이곳에 도착하기 직전 전해 들은 귀문곡에 대한 정보 때문에 얼마나 놀랐는지 모른다.

백아린이 귀문곡주의 죽음을 알림과 동시에, 이 기회를 놓치지 않고 귀문곡을 흡수해야 한다는 뜻을 상부에 보고한 것이다. 그리고 그녀의 의견을 받아들인 상부에서는 서둘러 무인들을 움직여 귀문곡의 거점들을 점령하려 하고 있었다.

이 소식을 접했을 때 어교연은 일순 눈앞이 깜깜해졌었다.

백아린이 또 하나의 말도 안 되는 성과를 내게 생겼기 때문이었다.

허나 이내 그녀는 생각을 바꿨다.

오히려 운이 좋은 거라고.

만약 지금 백아린을 제거하기 위해 움직이지 않았더라면 그녀를 건드리기는 더욱 어려워졌을 게다. 귀문곡을 흡수하게 된다면 적화신루는 예전과는 비교할 수 없을 만큼 커다란 세력으로 급부상하게 된다.

그렇다면 그 일에 있어 일등 공신이 누구겠는가?

당연히 백아린이다.

더군다나 귀문곡에 관련된 이번 건수는 단순히 뛰어난 성과 하나를 냈다는 정도로 끝낼 수 있는 사안이 아니었다.

적화신루의 역사에 남을 정도로 커다란 사건.

그걸 지금 백아린이 성사시키고 있는 것이었다.

그랬기에 어교연은 보다 서둘러야만 했다.

이 모든 일이 성공한다면 그 이후 백아린을 제거하는 건 지금보다 훨씬 어려워진다. 차라리 거사가 벌어지기 직전인 지금이, 백아린을 죽일 수 있는 절호의 기회가 될 수 있었다.

황균이 물었다.

"생각해 두신 바가 있으십니까?"

"그럼요. 얼마 전까지는 고민이 좀 있었는데, 오히려 이번 일로 인해 확실하게 마음을 정할 수 있었죠."

말과 함께 슬며시 미소를 지어 보인 어교연이 이내 천천히 말을 이었다.

"이이제이(以夷制夷:적을 이용하여 다른 적을 제어한다)."

의미심장한 그 한마디에 황균이 눈을 크게 치켜떴다. 그녀가 말한 두 적이 누구인지 파악하는 데는 그리 긴 시간이 걸리지 않았다.

겉보기엔 평범해 보이지만 이총관이라는 자리에 있는 만큼 황균은 눈치가 빠른 사내였다.

그가 놀랍다는 듯 탄성을 내뱉었다.

"귀문곡을 이용하실 생각이군요!"

"네, 맞아요."

"하하! 정말 대단하십니다. 이거야 원, 저도 이번에 육총관에게 한 수 배웠습니다."

실로 감탄한 얼굴로 황균은 고개를 끄덕거렸다.

그런 그를 향해 어교연이 말했다.

"이번 일을 성공시키기 위해서는 이총관님의 힘이 필요해요."

"제 힘이 말입니까?"

"네, 사총관을 움직이게 만들 가짜 정보가 있어야 하니까요. 그리고 현재 사총관은 이곳 광동성에 있죠. 당연히 그 정보를 가장 손쉽게 바꿔치기할 수 있는 건 이총관님이시고요."

어교연의 계획은 간단했다.

현재 적화신루는 귀문곡을 흡수하는 것에 모든 초점을 맞추고 있다. 당연히 백아린 또한 그 일을 위해 움직이고 있는 상황이다.

이런 지금 그녀에게 일부러 정보를 흘릴 생각이었다.

귀문곡의 거점 중 하나에 대해서 말이다. 거기다가 가짜로 상부의 명령까지 첨부하면 된다. 그 거점을 손에 넣으라는 명령을.

그럼 백아린은 움직일 것이고, 정보 속의 귀문곡에도 마찬가지로 정보를 흘리면 된다.

그들을 공격하러 백아린이 온다는 사실을 말이다.

백아린에게는 그들의 숫자를 적게 알려 주고, 지원군 또한 보내 준다는 식으로 이야기를 해서 그녀를 귀문곡의 거점으로 들어가게 만든다.

허나 이미 상대에게도 정보를 흘려 둔 상태이니 오히려 그녀는 혼자서 함정에 들어가는 꼴이 될 터.

귀문곡 또한 단단히 준비를 할 테니 백아린이 살아서 나올 리는 없다고 어교연은 확신했다.

어교연에게 계획에 대해 모두 전해 들은 황균은 만족스러운 표정을 지었다.

정말 좋은 계획이 아닐 수 없었다.

백아린을 완벽하게 죽일 수 있는 걸로 모자라 뒤탈도 없는 작전이었다.

직접 자신들의 손을 더럽히는 것도 아니고, 추후 이 일의 뒤처리를 할 때는 귀문곡에게 모두 덮어씌우면 그만이다.

가짜 정보를 흘린 거나, 거짓 명령을 내린 것 또한 어차피 당사자인 백아린이 죽어 버리면 그 누구도 알지 못할 일.

지금 이곳에 자리한 자신들만 입을 닫는다면 평생 세상에 드러날 일이 없는 비밀이었다.

황균이 자리에서 벌떡 일어나며 말했다.

"망설일 필요 있습니까? 곧바로 움직이시지요."

어교연이 당장이라도 계획을 실행하려는 황균을 향해 서둘러 손을 들어 그를 제지했다.

"잠시만요!"

"왜 그러십니까?"

"사총관에게 정보를 흘리기 전에 먼저 해야 할 일이 하나 있어요."

"다른 일이 말입니까? 그게 뭡니까?"

"천룡성 무인과 단엽을 사총관에게서 떨어트려 놔야 해요."

어교연은 이 일에 있어 가장 큰 변수는 백아린의 곁에 있는 이들이라 생각했다.

천무진과 단엽.

두 사람 중 누구 하나라도 그녀와 함께 움직이게 된다면 이 계획은 수포로 돌아갈 것이다. 그랬기에 이 작전을 완벽히 끝내기 위해서는 천무진과 단엽을 동행하지 못하게 만드는 것이 가장 중요했다.

그리고 그러기 위해서는……

"또 다른 정보가 필요해요. 가짜라도 상관없으니 당장에 움직일 수밖에 없는 치명적인 정보가요. 그런 정보로 두 사람을 속여서 백아린으로부터 떼어 놓도록 하죠."

두 개의 거짓 정보.

그것만 있다면 굳이 직접 손을 대지 않고도 어교연은 눈엣가시였던 백아린을 제거할 수 있었다.

실로 완벽한 작전이 아닐 수 없었다.

지금 한창 정보를 주고받는 곳이 광동성 지부다.

바로 그곳에서 황균이 거짓 정보를 넘겨주는 것이니 백아린으로서는 깜빡 속을 수밖에 없을 테니까.

그 거짓 정보에 속아서 가게 될 장소에는 적잖은 귀문곡의 인물들이 자리하고 있을 테고, 당연히 그곳에는 백아린과 한천 두 사람만이 자리하게 될 것이다.

완벽하게 함정에 빠진 두 사람의 모습을 떠올리자 어교연은 자신도 모르게 웃음을 흘렸다.

'꽤나 당황스러울 거야, 백아린. 애타게 지원군을 기다리겠지만…… 거긴 아무도 안 올 테니까.'

계획이 실행되기도 전이었지만 어교연은 확신했다.

이 작전이 실패할 리가 없다고.

그리고 그런 확신을 가져도 될 정도로 계획은 꽤나 완벽했다.

하지만 그 계획에는 하나 고려되지 못한 부분이 있었다.

그건 다름 아닌…… 백아린과 한천의 실력이었다.

*   *   *

사실 적화신루는 광동성에서 그리 큰 힘을 발휘하지 못했다. 아니, 비단 적화신루뿐만이 아니다. 개방이나 하오문 또한 다른 지역에 비해 유독 이곳 광동성의 정보력은 미흡

했다.

그 이유는 역시나 이곳만큼은 꽉 쥐고 있던 귀문곡의 존재 때문이었다.

광동성에서만큼은 귀문곡이 최고였고, 그런 그들의 기세에 눌려 다른 여타의 정보 단체는 이곳에서 제대로 된 힘을 쓰지 못했었다.

허나 이제는 아니었다.

개방과 하오문은 아직까지 상황을 정확히 파악하지 못해 눈치를 살피고 있었지만 모든 걸 알고 있는 적화신루만큼은 달랐다.

그들은 단번에 광동성으로 세력을 뻗어 나갔다.

뒤늦게 개방과 하오문이 이 같은 사실을 알게 되어 움직인다 해도 정작 중요한 알맹이들만큼은 모두 자신들이 취할 수 있도록 말이다.

덕분에 원래도 바빴던 백아린은 요즘 따라 눈코 뜰 새 없다는 말을 실감하고 있었다.

귀문곡의 일도 그랬고, 천무진을 돕는 것 또한 그리 간단하지 않았다.

광동성으로 세력권을 넓히며 순식간에 밀려들어 오는 정보들 또한 적잖았기에, 그걸 토대로 천무진에게 도움이 될 만한 뭔가를 찾느라 바빴다.

그렇게 바삐 움직인 덕분일까?

새로이 뻗어 나간 활동 범위 덕분에 백아린은 여태까지 정리하지 못했던 몇 가지 의심스러운 부분들을 확인할 수 있었고, 그걸 곧바로 천무진에게 알렸다.

그리고 천무진은 그 사실들을 미리 정해 둔 이를 통해 마교 소교주인 악준기에게 전달했다.

천무진의 거처에서 기다리고 있던 백아린이 돌아온 그를 반겼다.

"왔어요?"

"기다리고 있을 줄은 몰랐네. 요새 바쁘잖아."

며칠 동안 잠깐을 제외하고는 쉽사리 보기 어려웠던 백아린이다. 그만큼 바빴던 그녀가 자신의 거처에서 기다리고 있자 천무진이 의외라는 표정을 지어 보였다.

그런 그를 향해 백아린이 웃으며 말했다.

"누구 때문에 바쁜데요. 제가 바쁜 거에 절반 이상은 당신 때문이라고요."

그녀의 장난스러운 투정에 천무진 또한 픽 웃으며 백아린에게 다가갔다.

다가온 그를 향해 백아린이 다시 말을 건넸다.

"정보는 잘 전해 줬어요?"

"응, 뭐 당장에 별건 없겠지만 그래도 분명 도움이 될 것 같아."

십천야의 눈과 귀가 되어 주었던 귀문곡이 흔들리는 지금이 천무진에게는 절호의 기회였다.

적화신루가 세력을 넓혀 가며 새롭게 얻어 낸 정보는 유용하긴 했지만, 아직 마교 내부를 뒤흔들 정도로 큰 것들은 아니었다.

그 사실을 알기에 백아린이 아쉽다는 듯 말했다.

"보다 확실한 뭔가가 있었다면 좋았을 텐데 전부 의심스러운 정황뿐이라⋯⋯."

"그것만 해도 어디야. 그걸 토대로 차차 알아내야지."

적화신루도, 소교주 악준기 휘하에 있는 정보 단체도 오늘 전달한 정보를 토대로 새로운 조사에 들어갈 계획이다.

아직까지 정확한 적이 누구인지 알아차리진 못했지만 천무진은 어렴풋이 짐작하고 있었다.

십천야의 한 명인 상무기를 제거하긴 했지만, 그는 귀문곡의 인물이다. 그렇다면 직접적으로 마교에 개입한 십천야는 따로 있을 것이고, 최소 한 명에서 많게는 세 명까지도 있을 확률이 존재했다.

그들의 제거.

그것이 바로 천무진의 목표였다.

그 말을 끝으로 시답지 않은 대화를 이어 가던 두 사람을 향해 누군가가 급히 다가왔다.

이윽고 모습을 드러낸 인물.

바로 한천이었다.

모습을 드러낸 그는 천무진과 함께 있는 백아린을 발견하고는 투덜거렸다.

"여기에 계실 줄 알았다니까."

"무슨 일인데?"

물어 오는 백아린을 향해 다가온 한천이 빠르게 답했다.

"급한 호출이랍니다, 대장."

*　　　*　　　*

갑작스러운 호출에 백아린은 한천과 함께 곧장 임시로 만들어 둔 연락처를 향해 움직였다.

마교 내부에서 움직이고 있으니만큼 인근에 정보를 전달받을 거점이 필요했고, 아쉽게도 내성에서는 그 같은 일을 하기가 어려웠다.

그랬기에 외성에 있는 적당한 장소를 물색해 임시로 거처를 마련해 둔 상태였다. 그곳에는 상시 인원이 대기하고 있었고, 백아린이 필요로 하는 모든 일들을 상부에 보고하고 또 전달받았다.

이미 어느 정도 들락날락하며 익숙해진 얼굴이 찾아온 두 사람을 반겼다.

"오셨습니까?"

"급한 연락이 있다고 해서 왔는데 무슨 일이죠?"

백아린의 질문에 중년 사내가 곧장 위에서 보내온 서찰을 백아린에게 건넸다. 서찰은 두 장이었는데, 모두가 촛농으로 직인을 찍어 놔서 수신자 외에는 안의 내용을 살필 수 없게 되어 있었다.

서찰을 건넨 사내가 말했다.

"중요한 것인지 안의 내용은 확인할 수 없게 되어 있었습니다. 사총관님만 확인하셔야 한다더군요."

"그렇군요."

"그럼 전 잠시 자리를 비워 드리도록 하겠습니다. 편하게 확인하고 가시지요."

사내는 눈치 빠르게 곧장 자리를 비워 줬고, 내부에는 백아린과 한천 둘만이 남게 되었다.

백아린이 양손에 둥그렇게 말린 서찰을 하나씩 쥔 채로 한천을 향해 그것들을 내밀었다.

그녀가 말했다.

"어느 쪽?"

백아린의 질문에 한천이 재빠르게 그녀의 왼손에 들린 서찰을 건네받았다. 그러고는 서찰의 내용을 살피기 위해 밀봉되어 있던 부분을 뜯어내며 말려 있던 것을 펼쳤다.

그런 그와 마주한 채로 백아린 또한 남아 있는 서찰의 내용을 확인했다.

서찰의 내용을 본 백아린의 눈동자가 꿈틀했다.

'이건⋯⋯.'

십천야의 일원인 반조, 그에 관한 정보였다.

천무진을 직접 찾아오기도 했었고 백아린 또한 대면한 적이 있는 인물로 뛰어난 무공의 소유자였다.

그가 다른 곳도 아닌 광동성 오문(澳門)에 모습을 드러냈다는 정보였다. 그리고 그 아래에 적힌 자세한 몇 가지 상황들까지도.

서찰에 시선을 고정한 채로 백아린이 말했다.

"부총관 아무래도 서둘러야 할 일이 생긴 것 같은데. 십천야 하나를 찾았거든."

그런 그녀의 말에 한천이 답했다.

"⋯⋯그러게요. 서둘러야 할 것 같군요."

말을 끝낸 그가 자신이 보고 있던 서찰을 백아린 쪽으로 펼쳐 보이며 말을 이었다.

"이쪽도 일이 생긴 모양이라서요."

*　　　*　　　*

두 개의 서찰을 통해 전달받은 정보들을 확인한 백아린은 곧장 한천과 함께 천무진을 찾아갔다. 거처에 도착하기 무섭게 그녀는 단엽까지 한곳으로 불러들였다.

연무장에 있던 단엽은 씻지도 못한 채로 끌려와야만 했다.

방에 들어서는 단엽이 툴툴거렸다.

"무슨 일인데 이렇게 급하게 오라는 거야?"

"일이 좀 생겼거든."

백아린이 손에 쥐고 있던 서찰 두 장을 쥐고 흔들며 짧게 답했다. 모든 시선이 자신에게 집중되자 백아린이 상황을 설명하기 시작했다.

"사실 저한테 오늘 두 가지 정보가 날아왔어요. 첫 번째는 십천야인 반조에 대해서예요."

"반조?"

천무진의 표정이 사뭇 진지하게 돌변했다. 그는 만나 본 다른 십천야들과는 다소 다른 인물이었다. 능력이 더욱 뛰어난 것은 물론이고, 풍기는 분위기도 달랐다.

절대 쉬운 상대가 아니다.

되묻는 천무진을 향해 고개를 끄덕인 백아린이 말을 이어 나갔다.

"반조와 이목구비가 아주 흡사한 자를 광동성 오문 지역에서 발견했다더군요. 그리고 그가 배를 타고 움직이려는 것까지는 확인을 했는데…… 여기서 문제가 생겼어요."

"문제라니?"

"그가 탄 배까지 정확하게 파악하지는 못한 거죠. 너무 뛰어난 실력자라 그렇게 가까이 다가갈 순 없었으니까요."

백아린의 말에 천무진은 고개를 끄덕였다.

반조 정도 되는 실력자의 뒤를 가까이에서 쫓는다는 건 거의 불가능에 가까운 일이다.

가만히 이야기를 듣고 있는 일행들을 향해 백아린이 말했다.

"그나마 다행이라면 당시 출항했던 배가 단 두 척뿐이라는 거예요. 목적지는 각각 오천(吳川)과 산미(汕尾)였고요. 서로 반대 방향이긴 하지만 두 곳 모두 광동성에 위치한 장소예요."

"그럼 그 반조라는 놈이 오천이나 산미로 향했다는 소리 아냐?"

"우리가 찾은 그자가 정말 반조가 맞다면 아마도?"

"그럼 곧바로 일행을 나눠서 움직이면 되는 거 아냐? 지금 이러고 있을 때가 아닌 거 같은데?"

단엽과 말을 주고받던 백아린은 그의 제안에 잠시 말을 멈췄다.

사실 백아린 또한 단엽과 같은 생각이었으니까.

하지만 아쉽게도 지금 벌어진 또 하나의 일 때문에 그것은 그리 간단치가 않았다.

백아린이 곧장 말을 받았다.

"나도 처음엔 그렇게 생각했어. 하지만 문제는 이 서찰이야."

"그건 뭔데?"

"귀문곡과 관련된 일. 적화신루 쪽에서 급히 움직여 줘야 할 것 같다고 연락이 왔거든. 현재 귀문곡은 스스로를 지키려고 방어 태세를 취하고 있는 상황이야. 상부에서는 그들의 힘이 완벽하게 합쳐지기 전에 몇 개의 주요 거점들을 부수길 원하고 있고. 나에게 그중 하나를 향해 움직이라는 명령이 내려왔어."

시간을 끌수록 귀문곡은 안정을 되찾을 것이다.

그들을 손에 넣기를 바라는 적화신루 입장에서는 속전속결로 몰아쳐야 피해도 적어지고, 보다 확실하게 일을 매듭지을 수 있었다.

적화신루의 총관으로서 당연히 해야 할 일.

그랬기에 피할 수도 없었다.

백아린은 얼마 전부터 귀문곡에 관련된 일을 처리 중이었고, 지금 들어온 일 또한 한동안 해 왔던 그들의 힘을 제거하는 것과 연관되어 있었다.

한마디로 최근 해 오던 것과 같은 선상의 임무라는 의미였다. 비록 평소 활동 범위보다는 거리가 조금 떨어져 있기는 했지만 말이다.

그랬기에 거짓 정보임에도 불구하고 백아린은 곧이곧대로 믿을 수밖에 없었고, 그러한 사실을 알기에 이총관 황균 또한 귀문곡에 대한 거짓 정보로 그녀를 움직이는 판단을 내렸던 것이다.

대충 상황을 설명한 백아린이 천무진을 향해 시선을 돌린 채로 말을 이었다.

"상황이 이러다 보니 이번엔 따로 움직여야 할 것 같은데 괜찮으시겠어요?"

조심스레 의사를 물어 오는 백아린을 향해 천무진은 오히려 너무도 쉽게 고개를 끄덕였다.

"그렇게 해."

"정말로 그래도 되겠어요?"

원하던 대답이긴 했지만 그래도 아무런 불만도 없이 그

러라고 답해 주는 천무진의 모습에 백아린이 미안한 표정으로 되물었다.

그러자 천무진이 곧장 답했다.

"신경 쓸 거 없어. 반조보다 당신 일이 더 중요하다고 생각돼서 승낙한 거니까. 반조로 의심되는 자를 찾았다는 건 대단한 소식이긴 하지만…… 아마 그곳에 간다 해도 그를 직접 만날 확률은 희박할 거야."

정보가 백아린의 손에 들어온 시점은, 이미 반조의 움직임으로부터 얼마의 시간이 흐른 뒤다.

거기다가 또 배가 향하고 있는 목적지까지 가야 하니 제아무리 빨리 도착한다 한들 상대방이 그 마을 자체에 용무가 있는 것이 아니고서야 직접적으로 그와 만나는 걸 기대하긴 어려웠다.

그랬기에 천무진은 확률도 낮은 일에 모두가 매달리기보다는 조금이라도 더 확실한 쪽에 인원을 투자하는 것이 낫다 판단했다.

적화신루가 강해지면 천무진은 더욱 많은 정보를 얻을 수 있게 되고, 그것은 그를 더욱 강하게 만들어 줄 것이다.

그런 의미에서 적화신루가 하루빨리 귀문곡을 흡수하는 건 천무진에게도 큰 이득이었다.

하지만 그렇다고 해서 손을 놓고 있을 생각은 없었다. 조그마한 단서라도 얻을 수 있는 가능성을 배제할 순 없었으니까.

천무진이 곧장 말했다.

"다행히 의심되는 목적지도 두 개뿐이니까. 나와 단엽이 하나씩 맡으면 되겠군. 분명 목적이 있어 움직였을 테니 뭔가 단서를 찾을 수 있을지도 모르니까."

천무진의 말에 백아린은 고개를 끄덕였다.

그가 이야기한 것처럼 백아린 또한 반조가 마을에서 한동안 머물지 않는 이상 직접 만날 수 있는 확률은 높지 않다 생각했다.

그녀가 입을 열었다.

"적화신루에다가 연락을 취해 오천과 산미 쪽 정보망을 보다 두텁게 해 둘게요. 운이 좋으면 또 반조가 어디로 향하는지 알아차릴 수 있게끔요. 두 사람이 언제든 적화신루의 정보망을 사용할 수 있도록 조치도 취해 놓죠."

"그렇게 부탁하지."

두 사람의 이야기가 끝나 갈 무렵 가만히 듣고만 있던 단엽이 입을 열었다.

"어이, 주인."

"왜?"

"그런데 말이야. 혹시 아주 만약에 운이 좋아서 그 반조라는 놈을 만나게 되면……."

반조를 만나는 걸 운이 좋은 것이라 말하던 단엽이 씩 웃으며 말을 이었다.

"죽여도 돼?"

단엽의 자신만만한 그 한마디에 뒤편에 있던 한천이 혀를 내둘렀다.

자신이 질 거라는 생각은 아주 조금도 하지 않는 저 자신만만함.

허나 그것이 단엽이라는 사내였다.

그리고 그런 그를 바라보던 천무진이 이내 피식 웃으며 답했다.

"마음대로."

추후의 일정이 정해지자 네 사람은 속전속결로 준비를 마쳤다. 평상시라면 귀찮다고 툴툴거릴 단엽이었지만 이번만큼은 달랐다.

그 보상이 반조라는 강자와의 싸움이 될 수도 있으니 단엽으로서도 구미가 당기는 것이다.

의심되는 두 개의 마을 중 오천으로는 천무진이, 산미로는 단엽이 가는 걸로 확정 지었다. 그리고 백아린과 한천은 함께 귀문곡 거점을 공격하는 임무를 맡았다.

가기 직전 바깥에서 모인 네 사람이 이야기를 나눴다.

"가실 곳은 정했어요?"

"내가 오천, 단엽이 산미로 가기로 했어."

확률상 아무래도 오천으로 갔을 가능성이 조금 더 높다 판단한 천무진이 직접 그곳으로 가겠다고 말했다. 지리적 위치상 오천이 중원의 중심부 쪽과 보다 가까웠기 때문이다.

대답을 들은 그녀가 고개를 끄덕이다 이내 말했다.

"저희 일정은 추후에 조금 늘어날 순 있지만 당장은 합류하는 지원군과 함께 그곳을 정리하는 게 다예요. 매듭짓자마자 곧바로 이곳으로 돌아올게요."

"조심해서 다녀오고."

"어어? 걱정은 저희 대장 말고 적에게 해야죠. 저 대검에 맞을 놈들을 생각하면 벌써부터 눈물이 앞을 다 가립니다."

뒤편에 자리하고 있던 한천이 불쑥 끼어들며 장난스럽게 말했다. 그런 그를 가볍게 흘겨보던 백아린이 다시 천무진을 향해 시선을 돌렸다.

사실 백아린은 천무진이 계속해서 신경 쓰였다.

다른 일도 아닌 십천야와 관련된 일에 혼자 움직이는 것이다 보니 미약하긴 하지만 걱정도 들었다.

천무진의 능력을 믿는다.

그의 강함을 옆에서 봐 왔으니까.

다만 저번 생에서 겪었던 일에 대해 알기에 십천야와 혼자 맞닥뜨릴 수 있는 게 못내 마음에 걸리는 것뿐이다.

백아린이 말했다.

"적화신루 쪽에서도 최선을 다해 도울 거예요. 혹시 그럴 일은 없겠지만 위험한 상황인 것 같으면 너무 깊게까지 파고들지는 말고요."

"자신할 순 없지만 그러도록 노력해 보지."

"절대 무리하지 말아요. 이제 당신은…… 혼자가 아니니까요."

말을 마친 백아린은 뒤편에 있는 단엽과 한천을 눈짓으로 가리켰다. 그리고 이내 자신도 있다는 듯 어깨를 쭉 편 채로 천무진과 마주했다.

그런 그녀의 모습에 천무진이 픽 웃으며 중얼거렸다.

"하여튼 잔소리는."

"어? 벌써 지친 건 아니죠? 아직 진짜 잔소리는 시작도 안 했는데요?"

백아린의 그 말에 천무진이 그녀의 양쪽 어깨를 손으로 잡더니 황급히 몸을 돌려세웠다. 그러고는 어깨를 잡은 손에 슬며시 힘을 주며 말했다.

"빨리들 가자고. 여기 있다가는 계속 잔소리를 들어야 할 것 같아서 말이야."

말과 함께 자신을 바깥으로 끌고 가는 천무진의 행동에 백아린이 슬며시 미소를 흘렸다.

그렇게 천무진 일행이 나란히 거처를 벗어나 외성의 입구까지 다다랐을 바로 그 무렵이었다.

외성의 입구 위쪽에 자리한 한 명의 사내가 사라지는 천무진의 뒷모습을 눈으로 쫓고 있었다.

십천야의 한 명이자 이곳 마교의 일을 도맡고 있는 양사창이었다.

그가 멀어지는 천무진 일행을 바라보다 슬쩍 눈을 찌푸렸다.

'흐음?'

각자의 짐을 짊어지고 길을 나선 네 사람.

그리고 입구 부분에서 그리 멀지 않은 곳까지 함께하던 네 사람은 세 개의 패거리로 나뉘어 각자의 방향으로 나아갔다.

그 모습을 높은 성벽 위에서 응시하던 양사창의 표정이 심상치 않게 변했다.

천무진 일행이 흩어졌기 때문이다.

각자의 길로 나아가는 그들을 바라보던 양사창의 입가에
미소가 걸렸다.

　성벽 위에 선 그가 나지막이 중얼거렸다.

　"일이 재미있게 되어 가는군그래."

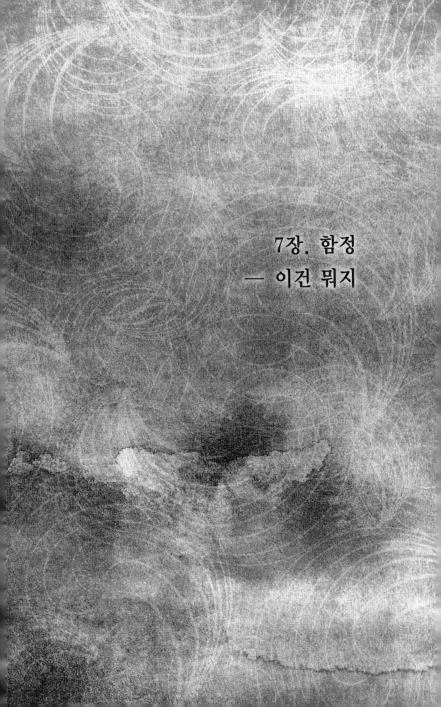

7장. 함정
— 이건 뭐지

휘장 속에 자리하고 있는 어르신의 손가락이 꿈틀했다.

"천무진이 마교에서 제 발로 걸어 나왔다고?"

"예, 그것도 일행들과 뿔뿔이 흩어졌다는 정보입니다."

"……."

일행들과도 흩어졌다는 수하의 보고까지 들은 직후 휘장 안에 자리한 그가 침묵했다.

천무진은 분명 치명적일 정도로 위험하고, 뛰어난 존재다.

허나 휘장 속의 존재는 천무진 하나만을 놓고 본다면 그를 그리 까다로운 존재로 여기지 않았다.

그에겐 천무진을 단번에 무너트릴 방도가 있었으니까.

그러나 천무진이 혼자가 아니라면 이야기는 달라진다.

대홍련의 부련주 단엽, 그리고 의문의 고수인 적화신루의 백아린과 한천까지.

그 셋 중 단엽과 백아린은 최소 우내이십일성 이상의 경지에 들어섰다는 판단이 내려진 존재들이고, 한천이라는 자는 그 경지에 근접했거나 최악의 경우 마찬가지로 비슷한 수준의 실력자라 판단되는 인물이었다.

그런 괴물 같은 이들이 함께하고 있는 상황에서 그가 준비한 작전을 실행시키는 건 무척이나 어려웠다. 최악의 경우 엄청난 피해를 감수해야 했는데…….

'그런데 제 발로 알아서들 떨어졌다고? 우연인가? 아니면 설마…… 함정?'

속으로 되뇌던 그가 이내 고개를 저었다.

자신이 무슨 일을 벌이려 하는지 천무진이 알 리 없지 않은가.

이런 상황에서 상식적으로 일부러 일행들과 떨어진 척하며 자신이 준비해 둔 계책을 펼치도록 유도하는 건 아닌지 의심한다는 것 자체가 말이 되지 않았다.

그저 자신이 작전을 실행한 직후 운이 좋게 상황이 이리 흘러가는 거라고 보는 게 맞겠지만 최근 들어 천무진에게

당한 게 워낙 많았던 탓인지 말도 안 되는 의심까지 하기 시작했다.

"후우."

짧은 한숨을 내쉰 어르신이 이내 어둠 속에 자리한 누군가에게 말을 건넸다.

"어찌 생각하느냐, 반조."

그의 부름에 그림자 안쪽에 자리하고 있던 반조가 성큼 모습을 드러냈다. 반조가 웃는 얼굴로 물었다.

"뭐가 신경 쓰이시나 봅니다."

"쓸데없이 잡생각이 드는구나. 지금 이것이 함정일 가능성은 없는지 말이야."

"천무진이 어르신의 머릿속에 들어갔다가 나오지 않는 이상 이번 작전이 새어 나갔을 가능성은 없지 않을까요?"

반조의 말에 휘장 속에 자리한 존재가 크게 고개를 끄덕였다. 그가 이야기한 것처럼 이번 일은 결코 바깥으로 유출될 만한 그런 게 아니었다.

휘장 안의 존재하는 그는 생각이 정리된 듯 한결 편안해진 목소리로 말했다.

"그렇다면 이거야말로 절호의 기회인데⋯⋯."

억지로 만들려고 해도 쉽지 않을 그런 기회가 얼결에 찾아온 꼴이 아니던가. 천무진이 단신으로 마교 바깥으로 나왔다고 하니 남은 건 그가 있는 곳을 찾아내 작전을 실행하는 것뿐이었다.

그리고 이미 십천야 쪽에서는 모든 준비가 끝나 있던 상황.

이번 작전을 위해 필요한 이들을 모두 이곳으로 호출해 대기시키는 것까지 완료된 상태였다.

그가 결국 결단을 내렸다.

"대기시켜 놓은 둘을 곧장 들라 하거라."

명이 떨어지기 무섭게 수하 한 명이 달려 나갔고, 이내 누군가가 방 앞에 모습을 드러냈다. 입구에 선 두 명의 모습을 확인한 어르신이 짧게 말했다.

"들어들 와."

명이 떨어지자 그제야 바깥에서 대기하고 있던 두 명이 안으로 걸어 들어왔다. 그런데 모습을 드러낸 두 사람의 행색이 무척이나 신기했다.

정확히 파악하기는 어려웠지만, 복색을 보고 추측건대 한 명은 사내였고, 다른 한 명은 여인이었다.

그리고 둘 모두 각자의 복장으로 얼굴을 가리고 있었다.

사내는 긴 장포를 머리부터 눌러 써서 얼굴이 보이지 않았고, 여인은 붉은 면사가 달린 커다란 모자를 쓰고 있었다.

장포 사이로 슬쩍슬쩍 보이는 사내의 행색은 깔끔한 느낌이었다. 그리고 반대로 여인의 옷차림은 무척이나 화려했다. 거기다가 커다란 붉은 면사가 달린 모자까지 쓰고 있으니 더욱더 시선을 잡아 끌었다.

안으로 들어선 두 사람은 휘장 건너의 인물을 향해 무릎을 꿇었다.

"어르신을 뵙습니다."

"어르신을 뵈어요."

두 명의 목소리가 흘러나왔고, 이내 휘장 속 인물이 자리에서 일어나며 두 사람을 향해 답했다.

"오랜만이구나. 매유검(枚柳劍), 적련화(赤蓮花)."

지금 모습을 드러낸 이들 중 장포를 눌러쓴 자의 이름이 매유검이었고, 면사가 달린 모자를 쓴 인물이 적련화였다.

모종의 이유로 한동안 사라졌다시피 하던 십천야의 두 명이 천무진 때문에 오랜 은거를 깨고 모습을 드러낸 것이다.

어르신을 향해 인사를 건네는 두 사람의 모습을 구석에 숨은 채로 지켜보던 반조가 슬쩍 바깥으로 사라졌다.

반조가 사라진 직후 어르신이 말했다.

"너희들이 움직여야 할 때가 온 것 같구나."

"……기다리고 있었습니다."

장포 속에서 답하는 매유검의 목소리가 미세하게 떨리는 것처럼 느껴졌다.

그건 지금 그가 내뱉은 말처럼 아주 오랫동안 기다려 왔기 때문이다. 움직여야 할 때를 위해 아주 오랜 시간 지옥과도 같은 삶을 버텨 왔다.

그리고 마침내 그날이 오고야 만 것이다.

매유검이 물었다.

"표적은 역시 천무진 그놈입니까?"

"그래, 그놈이다."

"알겠습니다. 그럼 오랫동안 준비한 계획을 차질 없이 진행하도록 하겠습니다."

두 사람에게는 각자의 임무가 있었고, 그 내용은 엄연히 달랐지만 결국 이어지는 하나의 목적.

그것은 바로 천무진이었다.

어르신이 휘장 건너에 있는 두 사람을 향해 목소리에 힘을 주어 말했다.

"지금부터 매유검 넌 자유다."

그 한마디에 무릎을 꿇고 있던 그의 몸이 사시나무 떨리듯 떨렸다. 어르신의 한마디에 오랜 시간 그를 묶어 왔던 쇠사슬이 끊어져 나간 느낌이었다.

매유검이 떨고 있는 사이 어르신의 말이 이어졌다.

"적련화."

"예, 어르신."

"천무진에게 가거라. 그리고 말하거라."

말을 끝낸 그가 휘장에 자신의 입을 가져다 댄 채 나지막한 목소리로 속삭였다.

"부탁이 있다고. 그 말이면 된다. 그럼 그는…… 네 것이 될 것이다."

어르신의 말에 고개를 숙인 채로 적련화가 답했다.

"예, 천무진을 반드시 제 것으로 만들어 돌아오겠습니다."

휘장 가까이에 선 채로 무릎을 꿇고 앉은 두 사람을 내려다보던 그가 큰 목소리로 소리쳤다.

"좋다! 그럼 가거라!"

어르신의 커다란 외침에 두 사람은 자리에서 벌떡 일어났다. 명령이 떨어진 이상 더는 머뭇거릴 이유가 없었으니까.

짧게 예를 갖춰 인사를 건넨 두 사람은 곧장 몸을 돌려 바깥으로 걸어 나갔다.

바로 천무진을 찾아갈 요량으로 두 사람은 곧장 바깥을 향해 바삐 움직였다.

그렇게 나아가던 통로의 끝자락에는 두 사람을 기다렸다는 듯 한 명의 사내가 몸을 기댄 채로 자리하고 있었다.

대화가 시작되기 전에 방에서 나갔던 반조, 그였다.

반조가 웃으며 인사를 건넸다.

"오랜만이군, 매유검."

"……반조."

매유검이 걸음을 멈추어 서자, 옆에서 나란히 걷고 있던 적련화 또한 움직임을 멈췄다. 하지만 그녀는 걸음만 멈추었을 뿐 반조에게 인사를 건네거나, 아니면 아는 체를 한다거나 하는 그 어떤 행동도 취하지 않았다.

매유검이 물었다.

"무슨 일이지?"

물어 오는 질문에 시선을 그에게로 돌린 반조가 답했다.

"경고를 하나 해 주려고."

"경고?"

"조심하는 게 좋을 거야. 천무진 그 녀석 생각만큼 만만한 놈이 아니거든."

"……큭, 큭큭!"

반조의 그 말에 매유검이 웃음을 터트렸다.

장포를 뒤집어쓴 그가 갑자기 웃어 젖히자 반조가 슬쩍 표정을 굳혔다.

허리를 젖힌 채로 웃어 대던 매유검이 갑자기 돌변했다.

후욱!

거리를 좁히고 들어온 그가 반조의 멱살을 움켜잡았다.

꾸욱.

멱살을 쥔 채로 강하게 힘을 주는 매유검의 행동에 반조의 웃는 얼굴 또한 차갑게 식어 갔다. 멱살을 잡힌 채로 반조가 천천히 입을 열었다.

"⋯⋯어이, 죽고 싶은 거냐?"

반조의 그 말에 반응한 것은 당사자인 매유검이 아니었다. 뒤편에서 일련의 과정을 모두 보고 있던 적련화가 오히려 움찔했다.

살기를 흘리기 시작한 반조를 향해 매유검이 장포로 가려진 얼굴을 슬그머니 들이밀었다. 거의 유일하게 드러나 있는 그의 입술이 꿈틀거렸다.

"한심하기 짝이 없군. 벌써부터 겁을 집어먹은 거냐, 반조?"

겁을 먹은 거냐고 윽박지르듯 말하는 매유검의 행동에 반조가 비웃듯 입꼬리를 비틀고는, 이내 멱살을 쥐고 있는 그의 손을 쳐 냈다.

손을 밀쳐 낸 반조가 입을 열었다.

"여전하네. 그 성격 하나는."

말을 하는 반조를 장포 사이로 매섭게 노려보던 매유검
이 천천히 걸음을 옮겼다. 그러고는 이내 정면에 자리하고
있던 반조를 스쳐 지나가며 나지막이 중얼거렸다.

"잘 보고 있으라고. 그 천무진이라는 이름뿐인 놈을 내
가 어떻게 만드는지."

말을 끝낸 매유검은 유유히 사라졌고, 그 뒤를 적련화가
빠르게 뒤쫓았다.

그렇게 두 사람이 사라진 공간을 잠시 바라보던 반조가
손을 들어 올려 방금 전까지 멱살을 잡혀 구겨진 옷매무새
를 단정하게 다듬었다.

입가에 미소를 머금은 채로 반조가 중얼거렸다.

"하여튼 성깔하고는."

*   *   *

천무진, 단엽과 헤어진 백아린과 한천은 곧장 목적지를
향해 움직였다. 두 사람이 도착한 장소는 신월산(新月山)이
라는 이름을 지닌 곳이었다.

신월산은 엄청나게 큰 산은 아니었지만, 산세가 험한 탓
에 많은 이들이 오가는 장소 또한 아니었다. 더군다나 지리
적으로 이점이 있지도 않아, 군이 산을 넘을 바에는 바로

옆에 있는 길을 통해 움직이는 것이 오히려 시간 절약에도 좋았다.

그랬기에 신월산은 많은 이들이 찾지 않는 산이 될 수밖에 없었다.

그런 신월산의 중턱.

그곳에는 꽤나 오래되어 보이는 장원 한 채가 자리하고 있었다. 장원은 여섯 개의 건물로 구성되어져 있었다.

산 중턱에 위치한 것치고는 꽤나 큰 장원이었지만 오랜 시간 사람의 손이 닿지 않았는지 상태는 썩 좋지 못했다.

장원의 외벽은 헐어서 곳곳이 무너져 있었고, 무성하게 자란 잡초와 나무들로 인해 마치 흉가 같은 으스스한 분위기마저 풍겼다.

꽤나 상해 있는 장원에 들어선 한천은 발아래에 굴러다니는 깨진 집기들을 피하며 괜히 겁먹은 표정을 지어 보였다.

"으으. 이거 딱 귀신 나오게 생긴 집 아닙니까?"

"귀신은 무슨. 쓸데없는 소리 하지 말고 먼저 와 있는 사람들 없는지 찾아봐."

백아린의 핀잔에 한천은 고개를 끄덕이고는 이내 주변을 확인했다. 허나 근처를 돌아봐도 딱히 어떠한 기척은 느껴지지 않았다.

결국 두 사람은 장원 내부에 있는 건물 중 한 채에 들어섰다.

건물 안은 바깥과 마찬가지로 오랫동안 정리가 되지 않은 탓에 꽤나 엉망이었다. 곳곳엔 거미줄이 자리하고 있었고, 퀴퀴한 냄새도 풍겼다.

방 안에 굴러다니던 의자들 중 그나마 멀쩡한 것들을 고른 두 사람은 그 위에 몸을 실었다.

자리에 앉기 무섭게 한천이 입을 열었다.

"이거 우리 두 사람이 제일 빨리 온 거 같은데요?"

"뭐 아직 약속 시간보다 한참 이르긴 하니까."

백아린이 고개를 끄덕이며 답했다.

천무진과 함께 떠나다 보니 미리 약속된 시간보다 하루 반나절 이상을 먼저 도착하게 된 꼴이었다.

그래도 먼저 와 있는 인원이 있을지도 모른다 생각했는데 아무래도 두 사람이 가장 빠르게 도착한 모양이었다.

백아린이 말했다.

"아무래도 여기서 이틀 정도 지내야 할 수도 있겠는데."

"아이고, 여기가 이럴 줄 알았으면 인근 마을에서 술이라도 사 오는 건데."

안타깝다는 듯 중얼거리는 한천을 바라보던 백아린이 이내 품 안에서 가져온 서찰을 꺼내 펼쳤다. 그 서찰은 자신들이 손에 넣으려 하는 귀문곡 거점에 대한 간략한 정보들이었다.

그렇게 약 일 각가량 앉은 채로 서찰을 보고 있던 백아린의 눈썹이 꿈틀했다.

그녀가 서류에서 시선을 떼더니 천천히 고개를 들어 올려 천장을 바라봤다.

그리고 그건 옆에 자리하고 있던 한천 또한 마찬가지였다.

순간적으로 지붕 위쪽에서 느껴졌던 미약한 기척.

그걸 두 사람이 놓칠 리가 없었다.

그렇게 천장을 올려다보는 채로 백아린이 입을 열었다.

"부총관."

"네, 대장."

"……지금 이건 뭘까?"

"글쎄요. 적어도 귀신은 아닌 거 같은데."

말과 함께 한천이 허리에 차고 있던 검에 손을 가져다 댔다.

바로 그 순간!

우콰콰쾅!

소리와 함께 천장이 부서지며 십여 개의 그림자가 두 사람을 향해 빠르게 떨어져 내렸다.

＊　　　＊　　　＊

순식간에 백아린과 한천의 위로 십여 개의 그림자들이 쏟아져 내렸지만 두 사람은 전혀 당황하지 않았다.

의자에 앉아 있던 두 사람은 곧바로 자리를 박차고 옆으로 몸을 움직였다.

동시에 그런 그 둘의 주변으로 날카로운 공격들이 스치고 지나갔다.

파파팟!

쏟아지던 암기들이 목표를 잃고 고스란히 바닥에 박혔다.

가볍게 공격을 피해 낸 둘은 그 상태로 모습을 드러낸 이들을 확인했다.

어느덧 검을 뽑아 든 한천은 자신들을 향해 살기를 쏟아 내는 그들의 모습을 보며 장난스레 입을 열었다.

"대장, 제가 대단한 걸 하나 알아차린 것 같은데 말해도 됩니까?"

"뭔데?"

"아무리 봐도 저놈들 우리 편은 아닌 거 같은데요."

"그 정도는 누가 봐도 아는 거 아냐?"

백아린이 어처구니없다는 듯 답했다.

이미 대놓고 살기를 토해 내고 있으니 그건 굳이 고민해서 알아낼 일이 아니었다.

그리고 굳이 살기를 쏟아 내지 않았다 해도 모습을 드러내기 전부터 이들이 적화신루의 인물들이 아니라는 걸 알고 있었다.

비단 자신들을 공격해서가 아니다.

애초에 지붕 위에 빠르게 나타나던 그 순간부터 이들의 움직임이 보통 무인의 것이 아님을 알아차렸기 때문이다.

고도의 훈련을 받은 이들.

살수가 분명했다.

그런데 도대체 왜 적화신루의 지원군이 와야 할 이곳에 살수들이 들이닥친단 말인가? 선뜻 이해가 가지 않았지만…….

그것을 의아해하고 있을 여유는 없었다. 바닥에 착지해 있던 그들이 갑자기 움직였다.

휘익!

양쪽으로 갈라진 그들이 동시에 백아린과 한천을 덮쳐 왔다. 순간적인 움직임, 허나 그 정도에 당황할 두 사람이 아니었다.

이미 검을 뽑아 들고 있던 한천이 가볍게 공격을 흘려 냄과 동시에 발로 가장 가까이에 있던 자의 옆구리를 걷어찼다.

퍽!

소리와 함께 살수들 중 하나가 바닥을 나뒹굴었다.

그리고…….

백아린은 자신을 향해 날아드는 살수 다섯의 모습을 빠르게 눈으로 확인했다. 여러 방향에서 치고 들어오는 공격.

하지만 백아린의 움직임은 간단명료했다.

등 뒤에 짊어지고 있던 대검이 뽑혀 나오는 순간!

부웅! 쾅!

백아린에게 달려들었던 다섯 명의 살수들이 대검의 힘을 버티지 못하고 밀려 나갔다.

그들은 벽에 충돌하고서야 간신히 멈추어 설 수 있었는데, 드러난 그들의 얼굴엔 적잖이 놀란 감정이 내비쳤다.

다섯 명이 각자의 위치를 잡은 채로 치고 들어갔다.

그걸 단 한 번의 움직임으로 모두 무위로 돌리다니…….

그들을 밀쳐 낸 백아린이 입을 열었다.

"너희 어디 소속이야?"

"…….."

"빨리 말해. 그래야 어느 정도 선에서 손을 봐 줄지 정할 거 아냐."

사실 단 일격에 밀려 나간 다섯 명의 살수들에겐 당황스럽겠지만 방금 전 그 공격조차도 백아린으로서는 적당히 힘 조절을 한 것이었다.

아마 그녀가 전력을 다해 공격했다면 지금 저 다섯 명의 살수들 중에 버티고 서 있을 자는 아무도 없었을 게다.

바로 그때였다.

'기척?'

살수들에게 말을 걸었던 백아린의 시선이 슬쩍 옆으로 향했다.

그녀는 자신의 옆에 위치한 창문을 통해 바깥의 모습을 살필 수 있었고, 놀랍게도 그곳에는 어마어마한 숫자의 인원들이 모습을 드러내고 있었다.

백아린이 혀를 내둘렀다.

"이건 뭐야?"

"허어, 숫자가 보통이 아닌데요."

주변을 가득 채우고 있는 그 숫자만 해도 얼추 백여 명은 훌쩍 넘어 보였다.

거기다가 완벽히 포위하듯 건물을 감싸고 있는 것이 마치 이곳에 자신들이 올 걸 알았다는 듯한 모양새였다.

그 사실을 깨닫자 백아린의 표정이 심상치 않게 변했다.

혹시나 하고 떠오른 추측이 머리를 채웠다.

'설마 이놈들 정체가……'

그 순간 바깥에 모습을 드러낸 이들 중 하나가 버럭 소리를 내질렀다.

"멍청한 새끼들! 이곳이 자기들의 무덤이 될 줄도 모르고 기어들어 오는 꼴이라니, 감히 적화신루 놈들이 여기가 어딘 줄 알고!"

자신들이 적화신루라는 걸 정확하게 알고 외쳐 대는 상대의 모습을 보며 백아린이 떠올렸던 의심은 확신으로 변했다.

그녀가 건물 안에 함께 자리하고 있는 살수들에게 시선을 돌린 채로 물었다.

"너희들…… 귀문곡이야?"

말이 끝나기 무섭게 정면에 있던 살수들이 암기를 뿌렸다.

촤르르륵!

눈앞을 가득 채우고 날아드는 수십여 개의 비수들이 순식간에 백아린에게 밀려들었다.

하지만 백아린은 오히려 자신에게 쏟아지는 그 비수들 쪽으로 성큼 걸음을 내디뎠다.

마치 스스로 불구덩이에 뛰어드는 듯한 모습이었지만 그런 행동에는 다 이유가 있었다.

뒤편으로 향해 있던 손이 번개처럼 얼굴 옆을 스쳐 지나갔다.

동시에 그녀의 손에 들린 대검에서 검기가 뿜어져 나왔다.

파파파파팟!

비수들을 모두 튕겨 낸 걸로 모자라 쏟아져 나온 검기가 공격을 펼쳤던 살수들이 있는 공간을 덮쳤다.

콰콰쾅!

놀란 그들이 사방으로 튀어 올랐지만 이미 몇몇은 검기에 휩쓸린 후였다. 동시에 그녀의 검기는 그들이 있던 장소를 아예 박살 냈는데, 그건 오래된 건물 외벽도 마찬가지였다.

한쪽 벽면이 시원하게 터져 나가며 순간적으로 바깥 공기가 훅 하고 밀려들어 왔다.

순간적으로 살수들을 휩쓸어 버린 백아린이 대검을 어깨에 가볍게 걸친 채로 성큼 걸음을 옮겼다.

그녀가 말했다.

"너희가 귀문곡이라면…… 손속에 사정은 필요 없겠네."

말을 마친 백아린이 남은 살수들을 등 뒤에 둔 채로 성큼 건물을 빠져나왔다. 그런 그녀의 모습에 검기를 피해 냈던 몇몇의 살수들이 다시 한번 재빠르게 치고 들어왔다.

일반적으로 봤을 때는 지금이 절호의 기회였으니까.

허나 그들의 앞에 귀신처럼 한천이 모습을 드러냈다.

그가 씩 웃었다.

"어딜."

카카캉!

밀려드는 공격을 단번에 받아 낸 한천의 몸이 순간적으로 흐릿해졌다. 동시에 그의 빠르면서도 정확한 공격이 살수들의 사이사이를 파고들었다.

슈슈슉!

날카롭게 파고든 공격에 남아 있던 살수들 모두가 바닥으로 곤두박질쳤다.

쿠쿠쿠쿵.

약속이라도 한 듯이 동시에 쓰러지는 그들을 뒤로한 채 한천이 먼저 나간 백아린의 뒤를 따라 걸었다.

그리고 때마침 건물 바깥으로 나온 백아린이 주변을 한 번 둘러봤다.

빼곡하게 차 있는 인원들이 각자의 무기를 꺼내어 든 채로 두 사람을 향해 흉흉한 안광을 쏟아 내고 있었다.

백아린이 대검을 들어 방금 전 자신을 향해 소리쳤던 상대를 겨눴다.

"어이!"

버럭 내지르는 소리에 그자가 움찔했다.

하지만 그는 이내 눈을 부라리며 말을 받아쳤다.

"감히 누구에게 어이라고……."

"그건 됐고. 네가 이 무리의 수장이야?"

말을 자르며 백아린이 물었다.

물어 오는 질문에 사내가 비웃음을 머금은 채로 답했다.

"그걸 말해 줄 이유 따위는 없는 거 같은데?"

"그래? 뭐 사실 별로 중요한 건 아니니 답하기 싫으면 됐고."

백아린이 관심 없다는 듯 답하자 오히려 사내의 표정이 구겨졌다.

허나 백아린의 말은 끝나지 않았다.

그녀가 말을 이었다.

"그런데 말이야 하나 궁금한 게 있단 말이지. 포위망이 마치 우리가 올 걸 알았다는 듯이 펼쳐지던데…… 그건 지금 우리가 함정에 빠졌다는 의미로 보면 될까?"

백아린이 직접 스스로 함정에 빠졌다는 말을 하자, 자신들이 유리한 상황이라는 걸 인지했는지 그가 득의양양한 미소를 지은 채로 말했다.

"크크! 그래도 적화신루의 총관이라 그런지 눈치는 제법 있는 모양이구나. 멍청하게 죽을지도 모르고 불나방처럼 날아드는 꼴이라니. 실로 우습더구나."

"……."

말을 내뱉는 상대를 보며 백아린은 잠시 침묵했다.

그 모습이 사내에겐 흡사 겁을 먹은 것처럼 보였지만…….

'역시 처음부터 우리가 이곳에 온다는 사실을 알고 함정을 준비해 둔 거였군.'

처음엔 정보가 흘러 나간 것이 아닐까 생각했다.

허나 이내 백아린은 그럴 확률이 너무도 희박하다는 걸 깨달았다.

공격당할 거라는 것 정도는 정보 단체인 귀문곡이 자신들의 정보력을 통해 알아낼 수 있다 치자. 거기다가 적화신루 내에 간자가 있을 가능성 또한 존재한다.

허나 기다렸다는 듯 정확하게 이곳에 모습을 드러낸 건 이야기가 다르다. 이곳에서 모일 거라는 비밀을 아는 건 자신과 지원군을 끌고 오는 인물을 제외하고는 없었을 테니까.

거기다가 이들은 총관인 자신이 나타날 걸 정확하게 알고 있었지 않은가.

이런 경우엔 답은 하나.

'애초에 가짜 정보였나? 우리를 몰아넣기 위한?'

대체 누가 그런 일을 벌였단 말인가?

이건 내부의 누군가가 공조하지 않고서는 불가능한 일이었다.

바로 그 순간.

백아린은 하나의 사실을 더 떠올렸다.

가짜로 의심되는 정보를 받은 당시에 그녀에게 도착한 것은 지금 이 상황을 만든 정보 하나가 아니었다는 걸.

또 다른 하나의 정보.

바로 반조와 흡사한 누군가를 발견했다는 소식이었다. 그걸 떠올리는 순간 백아린의 얼굴이 딱딱하게 굳었다.

'설마 그것도?'

애초에 무슨 목적으로 준비된 함정인지 모른다.

표적은 자신일까? 아니면 단엽? 그것도 아니면…… 천무진일지도 모른다.

생각이 거기까지 미치자 백아린의 표정이 차갑게 변했다.

동시에 날아든 정보였다.

그것도 똑같이 양초를 녹인 촛농을 이용해 인장까지 찍어 봉인해 둔 서찰이었다.

분명 같은 자가 보냈을 확률이 컸는데 그렇다면…… 그일을 위해 떠난 천무진과 단엽 또한 위험할 가능성이 높았다.

애초에 지금 자신들에게 닥친 이 정도 수준의 함정이라면 백아린 또한 걱정하지 않을 것이다.

일행 중에서 이 정도 함정에 당할 정도로 약한 자는 없었으니까.

하지만 만약에 그 가짜 정보를 흘린 자의 표적이 그 둘 중 하나였다면?

지금 이건 그저 자신들을 갈라 놓기 위한 방편이었을 뿐이고, 진짜 위험한 자들이 움직인 건 천무진이나 단엽 쪽일 가능성이 있었다.

아니, 오히려 그럴 확률이 높다고 보는 쪽이 더 맞을 것이다.

사실 지금 이 일을 벌인 것은 적화신루의 어교연과 황균이었다.

그렇지만 그 둘은 백아린과 한천의 진짜 실력을 알지 못했고, 그로 인해 두 사람을 처치하기엔 너무도 모자란 함정을 파고야 말았다.

그리고 그런 상황으로 인해 백아린은 오히려 자신이 표적이 아닐 거라 여겼고, 오히려 천무진이나 단엽이 위험할 거라는 결론에 도달한 것이다.

생각이 거기까지 미치자 백아린은 더는 머뭇거릴 수가 없었다.

대검을 든 채로 백아린이 소리쳤다.

"부총관!"

"네, 대장."

백아린의 뒤편에 있던 한천이 짧게 답했고, 그런 그를 향해 그녀가 말했다.

"서둘러 끝내야 할 것 같아. 아무래도 우리 말고 다른 두 사람에게 문제가 생겼을 거 같아서."

백아린의 그 말에 여유 가득한 모습으로 적과 대치하고 있던 한천의 표정이 꿈틀했다. 긴 대화를 나눈 건 아니었지만 백아린의 그 말을 듣는 순간 한천 또한 얼추 상황을 추측하고 이해한 것이다.

그가 왼손의 검으로 상대방을 비스듬히 겨눴다.

한천이 나지막이 중얼거렸다.

"끄응, 가능하면 최대한 조용히 살려고 하는데 말이죠."

항상 실력을 감추고 다니는 그다.

그랬기에 어지간한 경우가 아니고서야 제대로 실력을 발휘하지 않았다.

허나 지금 같은 상황이라면 이야기가 다르다.

정면에 위치한 귀문곡의 인물들을 향해 성큼성큼 다가간 한천이 입을 열었다.

"당신들은 운이 없군요."

시간이 없으니 봐줄 생각이 없었다.

검을 든 한천이 웃는 얼굴로 말했다.

"전력으로 갑니다."

그 말을 끝으로 백아린과 한천 두 사람이 동시에 날아올랐다.

8장. 불안감
— 대가는 치러야지

　귀문곡의 무인들을 이끌고 백아린과 한천 앞에 모습을 드러낸 사내는 단태허라는 자였다. 그는 귀문곡의 인물이면서, 귀살에 속한 살수이기도 했다.

　또한 귀살 살수들 중에서 세 손가락 안에 드는 고수로 꽤나 욕심이 많은 인물이었다.

　단태허가 이곳에 나타난 건 비밀리에 흘러 들어온 정보 때문이었다. 그 정보란 오늘 이곳으로 적화신루의 주요 총관 하나가 나타날 거라는 것이었다.

　그리고 그자가 이곳에서 수하들을 불러 모아 이 인근에 있는 귀문곡의 거점을 칠 거라는 사실도 알게 됐다.

그걸 들은 직후 단태허는 빠르게 자신이 모을 수 있는 모든 이들을 집결시켰다. 위기가 찾아오는 지금이 자신에게는 오히려 기회가 될 수도 있다 생각했기 때문이다.

비어 있는 귀문곡의 곡주 자리.

그 자리를 놓고 현재 몇몇 이들이 은연중에 욕심을 드러내고 있는 상황이다. 당장에야 외부 세력을 막아 내는 것이 급해 직접적인 싸움이나 견제가 있지는 않았지만, 결국 이 모든 것이 안정된다면 그때부터는 비어 있는 우두머리의 자리를 놓고 서로 야심을 드러낼 것이 분명했다.

귀살은 귀문곡 휘하에 있는 살수 단체다.

당연히 그들은 귀살의 인물이 수장 자리에 앉는 걸 원치 않는다. 그런 상황에서 자신이 조금이라도 더 유리한 고지를 선점하기 위해서는 어떻게 해야겠는가?

성과를 내는 것이다.

이런 혼란스러운 상황에서 누구보다 두드러지게 존재감을 드러내며 자신의 능력을 모두에게 보여 줘야 한다.

그래야만 귀살 소속이기 때문에 상대적으로 불리한 위치일 수밖에 없는 자신이 곡주 자리를 놓고 다툴 수 있을 테니까.

그랬기에 자신이 직접 이번 일을 처리하겠다고 나섰고, 지금 이처럼 두 명을 마주할 수 있었다.

적을 확인한 직후 단태허는 절로 입가에 미소가 피어올랐다.

정보대로 상대는 고작 둘뿐이었다.

더군다나 자신들의 기습을 전혀 눈치채지 못한 기색까지.

별반 대단해 보이지 않는 두 명을 제거하는 것만으로 이번 적화신루의 기습을 무위로 돌릴 수 있으니, 이거야말로 누워서 떡 먹기가 아닌가.

그렇게 기쁨에 들끓던 가슴, 허나 그런 감정이 식어 버린 건 얼마 지나지 않아서였다.

껑충 날아오른 두 사람, 그 둘이 떨어져 내리는 그 순간 얼굴 가득했던 미소가 거짓말처럼 사라졌다.

콰앙! 쾅!

백아린과 한천이 착지하는 곳 인근에 있던 귀문곡의 무인들이 마치 폭풍에 휘말린 나뭇잎처럼 사방으로 밀려 나갔다.

그리고 두 사람이 떨어진 곳을 기점으로 하여 마치 엄청난 양의 폭약이 터진 것만 같은 커다란 구멍들이 생겨났다.

공격은 그게 끝이 아니었다.

바닥에 착지한 백아린이 커다란 대검을 머리 위로 들어 올린 채 붕붕 돌리다가 순식간에 한쪽에 위치한 무인들을 향해 내리쳤다.

쾅쾅쾅!

굉음과 함께 쏟아져 나간 검기가 순식간에 진형을 박살 내 버렸다.

그 기괴할 정도의 파괴력에 모두가 넋이 나간 듯 허둥거리는 찰나였다.

스스스슥.

귀신처럼 파고든 한천의 검이 그들을 훑고 지나갔다. 동시에 귀문곡 무인들은 몸에서 피를 뿜어내며 그대로 바닥으로 쓰러졌다.

눈 깜짝할 사이에 펼쳐진 놀라운 광경에 단태허가 당황한 듯 움찔했다.

'……뭐야 이건?'

분명 자신들이 죽이려 하는 상대는 적화신루의 총관과 그 아래에 있는 부총관, 이렇게 단둘뿐이었다. 적화신루 총관급의 무공 실력이 어느 정도인지 모를 단태허가 아니다.

적화신루의 총관들 중에 가장 뛰어난 무공을 지녔다 평가받는 이는 일총관 진자양이다. 그는 정보 단체의 인물답지 않게 무공이 제법 뛰어났는데, 그 실력이 거의 백대고수급에 가깝다고 알려져 있었다.

허나 적화신루를 대표하는 최고 고수인 그를 제거하는

데도 이곳에 대동한 십여 명 정도면 충분히 가능한 일이었
다.

지금 이곳에 대동한 이들은 인근에서 모을 수 있는 귀문
곡 내의 최고 실력자들을 뽑아서 불러온 것이니까. 거기다
가 그 숫자가 무려 백 명이 넘었으니, 이 둘은 정말 눈 깜짝
할 사이에 마무리될 거라 여겼다.

헌데…….

콰콰쾅!

백아린의 대검이 꽂힌 곳을 기점으로 하여 무형의 기운
이 주변으로 퍼져 나갔다. 허공이 갑자기 일렁였고, 그 뒤
로 충격파가 밀려왔다.

쿠쿠쿠쿠쿵!

순간 단태허는 눈으로 보고도 믿지 못할 광경을 목격하
고야 말았다. 땅이 마치 물결처럼 출렁이며 솟아오름과 동
시에 무형의 기운이 선두에 있던 이들을 덮치고야 만 것이
다.

"으앗!"

그 공격에 휩쓸려 피를 흩뿌리며 허공으로 솟구쳤다가
곧장 바닥으로 곤두박질치는 수하들을 보고 있노라니 입에
선 절로 욕설이 터져 나왔다.

"이런 미친……."

백아린이 날뛰는 방향에 있던 수하들이 마구잡이로 휩쓸려 나가는 것도 황당하건만, 문제는 그녀뿐만이 아니었다.

소란스러운 백아린의 공격에 시선이 잡아끌리긴 했지만, 조용히 수하들을 상대하는 한천의 손에도 많은 숫자가 쓰러져 나가고 있었다.

그저 두 손 놓고 상황을 보고만 있던 단태허는 뭔가 일이 이상하게 흘러간다는 걸 직감했다. 그가 다급히 소리쳤다.

"뭣들 하는 거야! 전열을 정비해!"

백아린의 공격에 속수무책으로 뒷걸음질 치던 귀문곡의 무인들은 단태허의 외침에 그제야 정신들을 추슬렀다.

계속 이렇게 뒤로 밀려난다면 거칠게 몰아붙이는 백아린의 공격에 오히려 더욱 쉽게 표적이 될 뿐이었다.

서둘러 진형을 잡으며 그들은 백아린과 한천을 다시금 옥죄려 들었다.

허나 그걸 그냥 보고 있을 백아린이 아니었다.

그녀의 대검으로 묵직한 힘이 밀려들었다.

우우우웅!

터져 나오는 기운만으로 주변에 있는 것들이 확 밀려 나갈 정도로 어마어마한 힘이 터져 나왔다.

그녀는 곧장 대검을 휘둘렀다.

콰앙!

폭음과 함께 정면에 있던 무인들을 향해 검기가 터져 나갔고, 그곳에 있던 이들은 순식간에 빛에 휩싸이며 쓸려 나갔다.

너무도 압도적인 무위.

그 무위는 어떻게든 해 보자며 전의를 불태우던 귀문곡 무인들에게 찬물을 끼얹어 버렸다.

순식간에 다시금 차갑게 가라앉아 버린 분위기를 눈치챈 단태허가 뒤편을 향해 소리쳤다.

"저 계집부터 죽인다!"

백아린이나 한천 두 사람 모두 위력적인 건 비슷할 수 있지만, 그녀의 공격이 워낙 화려하고 강맹한 탓에 아군의 전의가 완전히 꺾이고 있었다.

더는 그냥 둬서는 안 된다는 생각에 단태허는 외침과 함께 빠르게 움직였다.

슈욱!

그가 움직이자 뒤편에서 대기하고 있던 귀살의 살수들 또한 그림자처럼 따라붙었다.

단태허의 움직이는 손.

그의 손에서 수십여 개의 비수들이 날카로운 파공음을 토해 내며 날아들었다.

좌좌좌좌좌!

옆에서 밀려들어 오는 공격, 정면에 있는 적들을 쳐 내던 와중이었음에도 불구하고 백아린의 몸은 옆에서 날아드는 비수에 곧바로 반응했다.

터엉!

대검을 땅에 박아 넣으며 가볍게 몸을 공중으로 띄운 그녀가 재빠르게 회전했다.

직후에 땅에 박혔던 대검이 뽑혀 나오며 강하게 아래로 휘둘러졌다.

쿠웅!

터쳐 나온 검기가 정면에 있던 이들을 순식간에 휩쓸어 버렸다.

그런 그녀의 모습에 단태허가 표정을 굳힌 채로 달려왔다.

"이이이!"

이를 갈며 달려드는 단태허의 소리를 들은 백아린이 슬쩍 그쪽으로 시선을 돌렸다. 단태허와 함께 밀려드는 귀살의 살수들까지 눈으로 확인한 그녀가 소리쳤다.

"부총관!"

"찾으셨습니까, 대장."

말과 함께 한천이 모습을 드러낸 건 정확하게 단태허와

그 뒤를 쫓는 살수들의 중앙쯤이었다. 귀신처럼 그들 사이에서 나타난 한천의 검이 협공을 하려던 귀살 살수들의 계획을 완전히 찢어발겨 버렸다.

쒜에엑! 쾅!

지척에 있던 적들을 단숨에 날려 버린 한천이 이내 가볍게 검을 흔들었다.

부르르르!

떨리는 검 끝.

그리고 그 안에서 터져 나오는 기기묘묘한 변화들까지. 순식간에 주변으로 수십여 개에 달하는 검광이 터져 나갔다.

"커억!"

귀살 살수들이 피를 뿌리며 나자빠지는 걸 지척에서 목격한 단태허의 표정이 새하얗게 질렸다.

두 눈으로 보고 있음에도 불구하고 믿을 수가 없었다.

'이 많은 인원이…… 고작 둘에게 당한다고?'

백아린과 한천의 실력이 이 정도일 거라고 어찌 상상이나 했겠는가.

물론 십천야에게 들어간 정보는 이 둘의 실력이 우내이십일성에 견줄 정도라는 결론에 도달해 있었지만, 그것은 귀문곡의 수장이었던 상무기처럼 십천야와 관련된 몇몇 이들만이 아는 정보였다.

상무기가 죽은 지금 귀문곡 내에서 이 둘을 우습게 본 것은 당연한 일이었고, 잘못된 정보를 믿고 움직였다면 마땅히 그 대가를 치러야 했다.

바로 지금처럼.

쿠웅!

갑자기 들려오는 굉음에 잠시 한천을 향해 시선을 주고 있던 단태허가 움찔하며 정면으로 고개를 돌렸다.

그곳에는 땅에 대검을 박아 넣은 채 가볍게 손목을 비틀고 있는 백아린이 자리하고 있었다.

그런 그녀의 모습에 단태허는 마른침을 꿀꺽 삼켰다.

아직 이곳에 온 인원들 중 대략 절반인 오십여 명 정도가 건재하긴 했지만 단태허는 이미 알 수 있었다.

이 싸움의 승자가 누구일지를.

기세에서 눌려 뒷걸음질 치는 그를 향해 백아린이 말했다.

"덤빈 대가는 치러야지?"

*　　　*　　　*

싸움은 순식간에 끝이 났다.

무려 백여 명에 달하는 무인들의 기습이었지만 그 정도

로도 백아린과 한천 두 사람을 감당해 내기엔 역부족이었다.

고작 일각도 안 되는 짧은 시간.

그 안에 그토록 많은 숫자의 무인들이 모두 바닥에 널브러져 있었다.

애초부터 상대가 될 수 없는 싸움이었다.

무림맹이나 마교의 정예 무인 백여 명이 온다 해도 이길 수 없는 상대들이었다.

그런 두 사람에게 아무리 선별한 이들이라고 한들 고작 인근에서 좀 알아주는 귀문곡 무인들과 귀살 살수들을 데리고 싸움을 걸었으니 결과는 처음부터 정해져 있었던 것이나 다름없었다.

기습을 한 그들 전원을 쓰러트린 상태에서 백아린이 한천을 향해 말했다.

"부총관, 아까 간단하게 말했다시피 지금 우리가 함정에 빠진 상황이었던 것처럼, 다른 정보가 간 둘도 위험할지 몰라."

"누가 저희를 함정에 빠트린 걸까요?"

"글쎄. 하지만 내부에 관련된 자가 있다는 것만큼은 확실해 보여."

중요한 건 표적이 누구냐는 것이고, 그게 자신들이 아닌 천무진이나 단엽일 수도 있는 상황이다. 그랬기에 그녀가 급히 말을 이었다.

"아무래도 그 두 사람한테 가 봐야겠어."

반조로 의심되는 자를 발견했다는 정보를 따라 움직인 천무진과 단엽이다. 그렇지만 두 사람은 각자 다른 장소로 움직였고, 그렇기 때문에 이쪽도 마찬가지로 나뉘어 움직여야만 했다.

백아린이 말했다.

"내가 천 공자에게 갈 테니, 부총관은 단엽이 있는 곳으로 움직여 줘."

"그러죠, 대장."

상황이 어떻게 되어 가는지 지금으로선 정확히 파악할 수 없었다. 하지만 당장은 그것에 대해 조사를 하는 것보다 다른 일을 위해 움직인 천무진과 단엽의 상태가 더 중요했다.

백아린은 곧장 또 다른 명령을 내렸다.

"가는 길에 적화신루를 통해 일총관에게 연락을 넣어. 이번 일에 대해 알아봐야 할 게 있으니까. 그리고 지금 이 싸움터는 확실히 믿을 수 있는 이를 통해서 정리하고. 절대 이곳에 있던 귀문곡 무인들이 우리에게 당했다는 소문이 퍼져 나가지 않게 뒷수습해야 할 거야."

이 일을 계획했을 정체 모를 내부의 적들이 현재 상황의 흐름을 알 수 없게 만들기 위한 명령이었다.

한천이 걱정 말라는 듯 답했다.

"가장 가까운 지부에 가서 시키신 대로 하겠습니다. 그리고 혹시 모르니 천 공자와 단엽에게도 연락을 넣어 보죠. 저희보다 연락이 먼저 도달할 수 있을지는 장담할 수 없겠지만요."

"그렇게 해 줘."

가능성은 그리 높지 않지만 그래도 혹시 운이 좋다면 자신들보다 먼저 적화신루의 정보가 천무진이나 단엽에게 들어갈 수도 있다.

꼼꼼하게 지금 해야 할 모든 일들에 대한 대화를 마친 두 사람은 서로를 바라보며 작게 고개를 끄덕였다.

백아린이 입을 열었다.

"시간이 없으니 서둘러야 해."

서쪽과 동쪽으로 움직인 천무진, 단엽과는 달리 남쪽으로 향했던 백아린과 한천이다. 목적지까지의 거리는 천무진과 단엽이 더 멀었으니 도착하려면 며칠의 시간이 더 걸리긴 하겠지만⋯⋯.

이미 꽤나 멀어진 거리를 좁히기 위해서는 한시가 급했다.

상황이 심각하다는 걸 알기에 한천 또한 진지한 얼굴로 고개를 끄덕였다.

"알겠습니다. 대장. 마교에서 뵙죠."

말을 끝낸 두 사람은 곧장 서로를 등진 채로 반대 방향을 향해 달려 나갔다.

그렇게 몸을 날린 백아린은 입술을 질끈 깨물었다.

'아무 일도 없어야 할 텐데…….'

왠지 모를 불안감이 엄습했다.

* * *

긴 장포를 눌러 쓰고 있는 매유검이 천천히 장원 안으로 들어섰다. 그의 등장에 일을 하고 있던 이들이 멈칫하며 예를 취했다.

허나 매유검은 그런 수하들의 행동에 눈길조차 주지 않으며 안채로 걸어 들어갔다.

그렇게 들어선 안채는 장원 내부에 있는 또 하나의 다른 세계였다. 겹겹이 쌓여 있는 담장들은 마치 감옥처럼 이곳을 감싸 안고 있었다.

그렇게 도착한 장원 가장 안쪽에 있는 장소.

그곳에 다다른 매유검은 굳게 닫혀 있는 문을 손으로 밀어젖혔다.

끼이이익.

빛 한 점 들지 않아 어두운 방 안은 무척이나 단출했다. 가구라고는 잠을 잘 수 있는 침상 하나와 탁자와 의자. 그리고 간단한 서랍장 하나가 전부였다.

단순한 구조의 방, 한쪽에 위치한 쪽문은 뒤편에 있는 연무장과 이어져 있었다.

탁자까지 다가간 매유검이 천천히 그곳에 있는 의자를 끌어당겼다.

드르륵.

의자를 끄집어낸 그가 자리에 앉았다.

그의 시선이 방 내부를 가볍게 훑었다.

창문 하나 없어 칠흑 같은 어둠만이 감도는 방 안을 살펴보던 매유검이 갑자기 웃음을 흘렸다.

"킥, 킥킥킥!"

장포 속에 있는 입가에 손을 가져다 댄 그는 참기 힘들다는 듯 연신 웃어 댔다. 아무런 것도 없는 이런 공간에서 갑자기 뭐가 그리도 우스운지 그는 웃음을 멈추지 못했다.

그렇게 한참을 웃던 매유검이 천천히 입을 열었다.

"이곳이 네가 살아갈 지옥이로구나, 천무진."

중원 한 곳에 자리하고 있는 이 비밀스러운 장원.

이곳은 다름 아닌 천무진을 데리고 와 가둬 두기 위해 마련된 장소였다. 그리고 이 방은 바로 천무진이 머물 곳이었다.

빛도 들지 않고, 아무런 것도 없는 그런 장소.

바로 그 순간 킥킥거리던 매유검이 갑자기 주먹으로 탁자를 내려쳤다.

쾅!

당연히 탁자는 산산조각이 나며 그 조각들이 바닥으로 후드득 떨어져 내렸다. 순식간에 탁자를 박살 낸 매유검은 주먹을 들어 올린 채로 중얼거렸다.

"허나 네놈 때문에 내가 살았어야 할 지옥에 비한다면야 이곳은 천국이지."

적어도 이곳에는 침상이 있었고, 바람을 막아 주는 벽이 있으니까. 말로 표현하기도 힘들 정도로 끔찍한 삶을 살아온 매유검에게 이곳은 너무도 풍요로운 장소처럼 느껴졌다.

그래서 부쉈다.

탁자에 앉아 식사를 하는 꼬락서니는 그리 보고 싶지 않았으니까.

매유검이 입을 열었다.

"이제부터 넌 짐승의 삶을 살아야 할 터이니 인간처럼

앉아서 식사를 하는 것도 사치겠지. 네놈에겐 바닥이 어울릴 테니까."

개처럼 엎드려서 살게 할 것이다.

인간으로서 누렸던 그 모든 걸 부숴 버려야 속이 후련했으니까.

박살이 난 탁자 조각을 발로 꾸욱 밟으며 매유검이 다시금 말했다.

"너를 만날 이날을 수십 년간 기다렸다. 그리고 이제 네놈의 주인은 바로 나다, 천무진."

말을 내뱉는 그의 입가가 유쾌한 듯 꿈틀거렸다.

수십 년을 기다려 왔던 그 날이 마침내 목전까지 다가와 있었다.

이제 남은 건 적련화, 그녀가 천무진을 데리고 이곳까지 오는 것뿐이다. 그날로 천무진의 삶은 예전과 완전히 달라질 터.

그리고…… 자신의 삶 또한.

그 순간 매유검의 발아래에 자리하고 있던 부서진 탁자 조각이 모래처럼 변해 흘러내렸다.

의자에 앉아 있던 그가 천천히 상체를 숙여 가루로 변해 버린 탁자의 잔재를 한 움큼 움켜쥐었다.

모래처럼 곱게 변한 그걸 손에 쥔 매유검은 천천히 꽉 쥐었던 손을 펼쳤다.

그러자 벌어진 손가락 사이로 그 가루들이 흘러내렸다.

사아아아.

그렇게 손바닥 위에 자리했던 가루들이 모두 흘러내렸을 때.

매유검이 입을 열었다.

"네 인생…… 이제 내가 받아 가마."

뜻 모를 말을 내뱉는 매유검의 몸이 점점 어둠 속으로 사라져 갔다.

*　　*　　*

산미에 도착한 단엽은 무척이나 빠르게 움직였다.

십천야의 일원인 반조를 뒤쫓는 일, 당연히 단엽으로서는 구미가 당길 수밖에 없었다.

'이왕이면 내가 만났으면 좋겠는데.'

반조라는 사내의 실력이 뛰어나다는 이야기를 전해 들었기에 단엽은 그를 직접 만나 쓰러트리고 싶었다.

그렇게 이틀가량 산미의 구석구석을 뒤졌지만 아쉽게도 전해 들었던 인상착의와 비슷해 보이는 인물은 보이지 않았다.

결국 이틀째 날까지 공을 치고 만 단엽은 아쉬운 마음을 달래며 산미에 있는 가장 큰 전각에 자리를 잡았다.

　비련각(飛蓮閣)이라는 이름의 전각이었는데 무려 오 층으로 되어 있어 주변을 살피기에 무척이나 용이했다. 단엽이 굳이 비싼 돈을 주면서까지 이곳 비련각 꼭대기 층에 자리한 건 그 이유 때문이었다.

　그는 창가 쪽에 앉아 연신 바깥으로 시선을 주고 있었다.

　앞에 놓여 있는 술잔에 술을 따라 가며 홀짝이고는 있었지만 사실 맛을 느끼기도 어려울 정도로 정신은 온통 다른 곳에 쏠려 있었다.

　산미는 꽤나 큰 마을이다.

　배가 드나드는 나루터가 있다 보니 당연히 사람들도 많이 모여들었다. 오고 가는 적잖은 이들을 하나씩 확인하며 단엽은 아쉬움을 감추지 못했다.

　"쳇, 이쪽이 아닌 건가. 아니면 벌써 떴나?"

　정보가 들어왔던 처음부터 상대방의 움직임이 더욱 빠를 수밖에 없는 상황이었다. 이미 움직인 이후에나 정보를 받았으니까.

　그래도 혹시나 하는 마음에 이곳까지 달려왔거늘…….

　단엽은 들고 있던 술잔의 술을 다시금 입 안에 털어 넣었다.

혹시라도 이미 이곳을 떠난 거라면, 그 뒤라도 쫓기 위해 주변을 찾아봤지만, 아쉽게도 의심스러운 정황은 아무런 것도 보지 못했다.

허나 그럼에도 미련이 남았는지 단엽은 당장 이 마을을 뜰 생각은 없었다.

'한 이틀 정도만 더 뒤져 보다가 움직여야겠네.'

창가에 기댄 채 아래쪽으로 시선을 향하고 있던 그때 뭔가가 단엽의 눈에 들어왔다.

'어라? 저놈은?'

사람들 사이를 헤집고 다니는 이들 중 낯익은 복식이 보였다. 다름 아닌 단엽이 속한 단체, 대홍련의 무인이었다.

그리고 개중에는 단엽이 얼굴과 이름을 알고 있는 자도 있었다.

우락부락한 얼굴에 커다란 덩치.

까슬까슬하게 자란 수염이 무척이나 거칠어 보이고, 부리부리한 눈은 절로 사람들이 시선을 피하게 만든다.

왕보(王甫)라는 이름을 지닌 자다.

사람들 사이에서 이곳저곳을 둘러보며 뭔가를 찾고 있는 것처럼 보였는데, 무서운 얼굴 때문인지 주변에 있던 이들이 슬슬 길을 터 주고 있었다.

그런 모습을 내려다보던 단엽이 가볍게 혀를 찼다.

"하여튼 무섭게 생긴 걸 꼭 저렇게 동네방네 자랑하고 다닌다니까."

뭔가를 찾는 대홍련의 무인들을 지켜보던 단엽은 이내 몸을 일으켜 세웠다. 그러고는 기대고 있던 창가에 걸터앉더니 곧 아래를 향해 몸을 던졌다.

휘익.

오 층 높이의 전각이었지만 단엽은 너무도 가볍게 착지했다. 허나 갑작스레 하늘에서 뚝 떨어진 그로 인해 주변에 있던 사람들이 놀란 듯 비명을 질렀다.

"허엇!"

"가, 갑자기 하늘에서 사람이⋯⋯."

놀라는 이들의 시선을 뒤로한 채로 단엽은 곧장 대홍련의 무인들이 움직이는 대로 그 뒤를 따라 걸었다.

얼마 안 있어 단엽의 시야에 왕보의 커다란 몸집이 들어왔다.

눈을 부라리며 주변을 두리번거리는 그로 인해 삭막한 분위기가 풍겨져 나오던 그때.

바로 뒤까지 다가간 단엽이 손을 들어 올려 왕보의 머리통을 후려쳤다.

빡!

험상궂은 왕보로 인해 주변으로 갈라지며 눈치를 살피고 있던 이들의 눈동자가 당장에 굴러떨어져도 이상할 것 없을 정도로 커졌다.

그만큼 그들은 지금 상황에 놀랄 수밖에 없었다.

갑자기 뒤통수를 얻어맞은 왕보가 천천히 고개를 치켜들며 입을 열었다.

"어떤 씹어 먹을 잡놈의 새끼가……."

왕보가 이까지 갈며 욕설을 내뱉었다.

당연히 주변의 공기는 순식간에 차갑게 얼어붙었다.

순간적으로 흐르는 적막.

인근에 있던 사람들은 당장에 피바람이 불어도 이상할 것이 없다 여겼다.

하지만 그 순간 인근에 있던 이들에겐 깜짝 놀랄 일이 벌어졌다.

무섭게 생긴 무인의 뒤통수를 친 곱상하게 생긴 사내가 오히려 눈을 부라렸으니까.

"뭐? 잡놈?"

그리고 때마침 고개를 돌려 상대를 확인한 왕보는 놀라 허둥지둥거렸다.

"아, 아니 그게 부련주님이신 걸 모르고…… 아아아!"

말이 끝나기도 전에 단엽이 왕보의 귀를 움켜잡았다. 그러고는 그대로 마구 흔들며 말을 이었다.

"씹어 먹는다며? 엉?"

"시, 실언을 했습니다!"

왕보는 자신의 귀를 움켜쥔 단엽의 손을 막지도 못하고 그대로 이리저리 흔들리며 비명을 질러 댔다.

단엽의 힘이 보통이 아니었기에 이렇게 가볍게 흔드는 것만으로도 귀가 찢겨져 나가는 듯한 느낌이었다.

한참 왕보의 귀를 잡고 흔들어 대던 단엽이 성에 찼는지 비로소 손을 놔줬다. 그제야 한숨을 돌린 왕보가 귀를 움켜쥔 채 붉어진 얼굴로 울상을 지어 보였다.

어느덧 왕보의 뒤로는 인근에서 움직이고 있던 대홍련의 무인들이 자리하고 있었다. 그들은 곧바로 일사불란하게 단엽을 향해 예를 갖췄다.

부복한 그들이 한목소리로 소리쳤다.

"부련주님을 뵙습니다!"

길거리에서 십여 명이 넘는 무인들이 무릎을 꿇으며 소리치는 광경은 주변의 이목을 끌기 충분했다.

단엽이 손사래를 치며 말했다.

"길거리에서 창피하게 무슨 짓이야."

빨리들 일어나라며 단엽이 손짓하자 무릎을 꿇고 있던 이들이 모두 몸을 일으켜 세웠다.

그사이 단엽이 왕보에게 물었다.

"그나저나 여기서 뭘 그리 찾고 있어?"

"부련주님이요."

"……나?"

"예, 부련주님을 찾고 있었습니다. 이곳 인근에 오신다고 연락을 넣어 놓으시지 않으셨습니까."

단엽은 주기적으로 대홍련에 자신의 위치를 보고해 왔고, 이번에도 마찬가지로 일이 있어 이곳 산미에 온다고 미리 알려 둔 상태였다.

그랬기에 이들이 자신을 찾기 위해 이곳 산미에 나타났던 모양이다.

단엽이 의아한 듯 물었다.

"갑자기 나는 왜?"

"그건……."

이런 장소에서 말하긴 다소 애매했는지 왕보가 잠시 말을 멈췄다. 대충 눈치를 챈 단엽이 손가락으로 자신이 방금 전까지 자리하고 있던 비련각을 가리키며 말했다.

"이야기는 저기 가서 하자고."

"넵, 부련주님."

말을 끝낸 단엽이 성큼 비련각을 향해 걸어가려 할 때였다. 갑자기 벌어진 이 구경거리로 인해 모여 있는 사람들 사이에서 누군가가 툭 하고 튀어나왔다.

그는 바로 한천이었다.

며칠을 제대로 씻지도, 자지도 못하고 달려온 탓에 그는 거의 거지꼴을 하고 있었다. 갑작스럽게 사람들 사이에서 모습을 드러낸 한천을 발견한 단엽이 눈을 동그랗게 뜰 때였다.

한천이 단엽을 향해 성큼 다가오며 입을 열었다.

"어이! 너 괜찮아?"

혹시나 단엽에게 무슨 일이 생기지는 않을까 걱정하여 몇 날 며칠을 밤을 새고 달려온 한천이었다. 그가 걱정스레 물어 올 때였다.

자신들의 앞길을 막으며 나타난 한천을 향해 왕보가 눈을 부라리며 다가갔다.

"이 거지 같은 새끼가, 넌 누군데 우리 부련주님의 앞길을 막고……."

빡!

뒤통수를 세게 맞은 탓에 그대로 바닥에 처박혀도 이상하지 않을 정도로 머리가 흔들렸다. 왕보가 뒤통수를 움켜쥔 채로 다시금 울상을 지어 보였다.

"부, 부련주님 왜 그러십니까?"

중얼거리는 그를 향해 단엽이 짧게 답했다.

"내 지기한테 네가 까불면 되겠냐?"

"……지기라고요?"

지기라는 말에 왕보는 당황스러움을 감추지 못했다. 단엽이라는 사내가 누군가를 지기라고 말하는 걸 본 적이 없었기 때문이다.

단엽의 앞까지 다가온 한천은 슬쩍 주변에 있는 이들을 확인했다.

굳이 단엽이 설명해 주지 않아도 복식이나 행동만으로 이들이 대홍련의 수하들이라는 걸 알 수 있었다.

상대방의 정체를 안 왕보가 서둘러 손으로 신호를 보냈다. 그러자 뒤편에 자리하고 있던 수하들이 이번엔 한천을 향해 예를 갖췄다.

"부련주님의 지기님을 뵙습니다!"

생각지도 못한 그들의 행동에 한천이 당황한 듯 어색한 웃음을 흘리고는 이내 옆에 있는 단엽을 향해 작게 속삭였다.

"야, 네 수하들 창피하게 왜들 이래."

"……."

단엽 또한 표정을 찡그린 채로 손을 휘휘 저었다. 그러자 그들이 재빠르게 자리에서 일어났다.

그 모습에 고개를 젓던 단엽이 이내 한천의 위아래를 훑으며 물었다.

"너 근데 행색이 왜 이렇게 거지꼴이냐? 어디 가서 동냥이라도 하다 왔어?"

"참내, 네 걱정에 며칠을 밤새고 달려온 사람한테 그게 할 말이냐?"

"걱정?"

단엽이 이해가 안 간다는 듯 중얼거릴 때였다.

"일이 좀 있었거든. 그나저나 넌 별일 없었어?"

대충 말을 얼버무린 한천이 재차 물었다.

그런 그의 물음에 단엽이 담담하게 답했다.

"오히려 별일이 너무 없어 문제였지."

별일 없었다는 그의 대답을 듣고 나서야 한천은 안도의 한숨을 내쉬었다.

하지만 이내 한천의 표정이 딱딱하게 굳었다.

"이쪽이 아니면 역시…… 그쪽이려나."

자신들을 노린 것이 아니라는 가정 아래 움직인 백아린과 한천이다.

표적이 될 둘 중 하나인 단엽에게 아무런 일도 없었다면 남은 하나인 천무진에게 뭔가가 벌어질 확률이 크다는 얘기인데…….

중얼거리며 표정을 굳히는 한천의 모습에서 단엽은 뭔가

일이 벌어졌음을 직감했다. 그가 한결 심각해진 얼굴로 물었다.

"뭔데?"

물어 오는 단엽을 향해 한천이 짧게 답했다.

"자세한 이야기는 조용한 곳에서 하자고."

9장. 운명의 굴레
— 부탁이 있어요

　천무진의 목적지인 오천(吳川)은 바다와 맞닿아 있는 마을이었다. 단엽이 간 산미와 마찬가지로 수로가 발달되어 있었기에 상인들과 여행객들로 붐비는 마을이기도 했다.

　오천에 도착한 천무진이 가장 먼저 향한 곳은 역시나 적화신루의 거점이었다.

　백아린을 통해 미리 오천 지역의 적화신루 거점에 연락을 해 둔 덕분에 만남은 간단하게 이루어졌다.

　오천에 자리하고 있는 적화신루의 비밀 거점은 오래된 고서점으로 위장하고 있었다. 그 고서점을 지키고 있는 적화신루의 인물은 젊은 사내였다.

점심시간이 한참은 지났을 무렵.

사내가 꾸벅꾸벅 졸고 있는 와중에 고서점의 문이 열렸다.

덜컹.

문이 열리는 소리에 사내는 슬쩍 눈을 치켜뜨며 들어온 상대를 확인했다. 생각보다 젊은 사내의 등장에 그는 목을 어루만지며 입을 열었다.

"하암, 뭐 찾으시는 거라도……."

말이 채 끝나기도 전에 천무진은 백아린에게서 미리 받아 온 서찰을 그에게 내밀었다.

갑자기 자신에게 서찰을 들이밀자 당황스러운 표정을 지어 보였던 그는 이내 그것을 펼쳐 안의 내용을 확인했다.

내용을 읽어 내린 순간 사내의 표정이 돌변했다.

나른했던 표정은 거짓말처럼 사라지고 그의 눈동자가 번쩍였다.

자리에서 일어난 그가 곧장 책상 아래를 어루만졌다.

그러자 책장의 한 곳이 자그마한 소리와 함께 비틀리며 비밀 공간이 모습을 드러냈다.

사내가 입을 열었다.

"잠시만 기다리시지요."

말을 끝낸 그는 그 비밀 공간 안으로 들어가더니 이내 서류를 들고 다시 모습을 드러냈다. 그러고는 그걸 천무진에게 내밀며 짧게 말했다.

"며칠 동안 근방에 있었던 일들을 정리한 서류입니다. 그리고 혹시나 해서 전해 들은 인상착의의 인물을 찾아보긴 했지만…… 크게 의심스러운 자는 없었습니다. 그나마 조금 비슷해 보이는 자들이 있어, 그들의 뒤를 캐 놓은 것들도 같이 넣어 두었으니 직접 확인하시면 될 것 같습니다."

젊은 사내의 말에 천무진이 고개를 끄덕이며 서류를 품 안에 넣었다.

그러고는 이내 짧게 말했다.

"참고하지. 고생했어."

"아닙니다. 그리고…… 이렇게 뵙게 되어 영광입니다."

말과 함께 사내는 천무진을 향해 포권을 취해 보였다. 그의 눈동자에는 천룡성의 무인인 천무진에 대한 무한한 존경심과 경외감이 담겨 있었다.

그렇게 짧은 만남을 끝낸 직후 천무진은 고서점을 빠져나왔다.

그러고는 이내 걸음을 옮겨 인적이 드문 장소로 움직였다.

마을 외곽에 위치한 커다란 나무의 그늘 아래에 자리한 천무진은 비밀 거점에서 받아 온 서찰을 꺼내어 들었다.

말대로 서찰에는 최근 이 인근에서 있었던 수상쩍은 일이나, 반조와 조금이라도 비슷해 보이는 자에 대한 뒷조사들이 정리되어 있었다.

적화신루 또한 추가적으로 조사를 이어 가겠지만 결정적으로 이 모든 걸 확인하는 건 천무진의 몫이었다. 정말 반조라면 그를 밀착해서까지 캐는 건 보통의 정보원이 할 수 있는 일이 아니었으니까.

거기다가 정확하게 그의 얼굴을 알고 있는 이 또한 천무진이었다.

천무진은 서찰의 내용을 모두 살피고는 이내 그걸 품 안에 넣었다.

슬쩍 올려다본 하늘이 무척이나 맑았다.

하늘을 올려다본 채로 천무진이 슬그머니 입을 열었다.

"······슬슬 시작해 볼까?"

혹시 반조가 이곳에 있다면, 그게 아니더라도 최소한 그의 흔적이라도 남아 있다면······ 반드시 찾아내고야 말 것이다.

반조, 그에겐 물을 것이 많았으니까.

천무진이 오천의 번화가 쪽으로 걸음을 옮겼다.

천무진은 한시도 쉬지 않고 움직였다.

적화신루를 통해 얻어 낸 정보는 꽤나 많았다. 그랬기에 그것들을 확인하는 건 그리 간단한 일이 아니었다.

특히나 비슷해 보여 조사를 해 둔 이에 관한 정보를 확인하는 건 제법 손이 많이 갈 수밖에 없었다.

멀찍이 숨어 의심스러워 보인다는 자를 확인한 천무진이 작게 고개를 저었다.

'저자가 아니야.'

반조와 복색이나 분위기는 비슷했지만, 얼굴이 달랐다. 자신을 스쳐 지나가는 상대를 확인한 천무진은 작게 한숨을 내쉬었다.

"후우."

이곳 오천을 무려 삼 일 동안 쥐 잡듯 뒤졌다.

적화신루가 보내온 정보의 삼분지 이 이상을 확인했고, 추가적으로 의심스러운 부분들도 조사하고 있었다.

허나 아쉽게도 그 어떠한 단서도 모습을 드러낼 기미가 보이지 않았다. 천무진은 중천을 넘어서서 조금씩 서쪽으로 사라지고 있는 태양을 확인했다.

저녁을 먹기엔 다소 이른 시각.

그렇지만 아침부터 한 끼도 먹지 않고 움직인 탓에 제법 허기가 졌다.

자리에 선 채로 주변을 둘러보던 천무진의 눈에 객잔 하나가 보였다.

저녁까지 한참을 움직일 생각이었기에 천무진은 우선 간단하게라도 주린 배를 채우기로 마음먹고 객잔을 향해 걸음을 옮겼다.

애매한 시간이라 그런지 객잔 내부에는 손님이 그리 많지 않았다.

십여 개의 탁자 중 달랑 두 개만이 차 있을 정도였다.

객잔 안으로 들어선 천무진은 곧장 한쪽으로 걸어가 자리에 앉았다. 천무진이 착석하기 무섭게 객잔의 점소이로 보이는 소년 하나가 달려왔다.

소년이 물었다.

"식사하러 오셨습니까?"

소년의 질문에 천무진이 고개를 끄덕이며 답했다.

"소면 한 그릇 부탁하지."

"예, 준비되는 대로 바로 가져다 드릴게요."

말을 끝낸 점소이 소년이 후다닥 주방으로 뛰어 들어갔다. 그렇게 혼자만 남게 된 천무진은 가만히 턱을 괸 채로 생각에 잠겼다.

삼 일이나 이곳을 뒤졌지만, 딱히 어떠한 단서를 찾지 못한 지금.

아쉽긴 하지만 욕심을 버리고 마교로 돌아가야 할 시간이 조금씩 다가오고 있었다.

'서찰에 남아 있는 것만 확인하고 이후의 일은 적화신루를 통해 해결해야 할 것 같은데⋯⋯.'

막 생각을 이어 나가는 그때였다.

쏴아아아아.

객잔의 창문을 통해 바람이 불어왔다.

아주 시원한 바람이었다.

불어오는 바람이 천무진의 머리카락을 가볍게 뒤흔들어 놓는 그 순간.

자리에 앉아 있던 천무진이 움찔했다.

그 바람을 타고 풍겨져 오는 향기.

왠지 모를 낯익은 그 향기가 코로 밀려 들어오는 순간 천무진은 놀란 듯 눈을 치켜떴다.

"⋯⋯!"

이 냄새가 무엇인지 알고 있었으니까.

그리고 그 순간 열려 있는 객잔의 문을 통해 누군가가 모습을 드러냈다.

촤르르륵.

입구를 막고 있는 구슬로 된 가림막을 손으로 걷으며 모습을 드러낸 누군가가 천무진의 눈에 틀어와 박혔다.

상대는 여인이었다.

챙이 있는 모자와 그곳에 달려 있는 붉은 면사로 인해 얼굴은 보이지 않았다.

그런데…….

상대의 모습을 확인하는 순간 천무진의 눈동자가 흔들렸다.

아무런 것도 없었다.

그 여인이 뭔가를 한 것도, 또 살기 같은 미묘한 감각을 읽어 낸 것도 아니다.

그럼에도 불구하고 천무진은 알 수밖에 없었다.

저 여자다.

지금 들어선 저 여자가…… 자신을 그 구렁텅이로 몰아넣었던 바로 그 여인이다.

원래대로라면 저 여인을 만나게 되는 건 지금부터 몇 년 후의 일이었다.

그런 그녀가 지금 자신의 앞에 나타난 것이다.

마치 전생의 그 날처럼.

상대의 정체를 확인하는 순간 천무진은 서둘러 몸을 일으켜 세우려 했다.

도망쳐야 했다.

아니, 당장이라도 천인혼을 휘둘러 죽여야 했다.

저번 생에처럼 자신에게 뭔가를 하기 전에 말이다.

그런데…… 왜일까?

부들부들.

떨리는 다리가 말을 듣지 않았다.

입은 마치 꿀이라도 바른 것처럼 열릴 생각조차 하지 않는다.

그저 그렇게 돌처럼 굳은 그대로 객잔 안에 들어선 여인을 바라만 보는 것만이 지금 천무진이 할 수 있는 전부였다.

붉은 면사를 쓴 여인이 걸어온다.

한 걸음, 또 한 걸음.

그녀가 다가올수록 천무진의 호흡을 가빠졌다.

눈은 커졌고, 등 뒤로는 식은땀이 흘러내렸다.

'대체 왜…….'

천무진은 지금 자신의 몸 상태를 이해할 수가 없었다. 그 지옥을 경험해 보지 않았던가. 이대로 있다가는 똑같이 그 지옥으로 들어가야만 한다.

그걸 아는데 대체 왜!

'제발 움직여! 제발!'

천무진은 이를 악물었다.

어떻게든 잃어 가는 감각을 깨우려 했다.

허나 그런 천무진의 간절한 바람에도 불구하고 그의 몸은 말을 듣지 않았다.

마치 쇠사슬에 꽁꽁 묶이기라도 한 것처럼.

이유를 알 수 없었지만, 그녀와 마주하는 순간부터 천무진은 아무런 것도 할 수 없었다.

그렇게 천무진이 이 상황을 벗어나기 위해 안간힘을 쓰고 있던 그때.

다가온 그녀가 천무진의 맞은편에 와 앉았다.

그토록 찾았던 여인이다.

어떻게든 찾아내서 과거와는 다른 삶을 살아가겠다고 장담했었다. 그런 상대가 눈앞에 있거늘, 손만 뻗으면 닿을 정도로 가까이에 있거늘…….

천무진은 아무런 것도 할 수 없었다.

얼굴을 가리고 있는 저 면사 하나 치우는 것조차 할 수 없었던 것이다.

꿀꺽.

마른침을 삼키는 천무진의 얼굴은 핏기 하나 느껴지지 않을 만큼 파리했다. 그의 눈동자가 정면에 자리한 그녀에게 고정되었다.

천무진은 억지로 입에 힘을 주었다.

꽉 닫혀 있던 그의 입이 아주 힘겹게 조금씩 열렸다.

"너, 너는……."

허나 그것이 한계였다.

아무리 더 말을 내뱉으려 해도 더는 목소리가 새어 나가지 않았다.

바로 그때 붉은 면사 아래로 드러난 그녀의 새빨간 입술이 조금씩, 아주 조금씩 열리기 시작했다.

그리고 들려온 그녀의 한마디.

"……부탁이 있어요."

울컥!

그 한마디가 귓가를 파고드는 순간 천무진은 비릿한 피맛을 느꼈다.

속이 뒤틀렸고, 머리가 멍했다. 하늘과 땅이 마구 빙빙 돌았고 당장이라도 정신을 놓을 것처럼 머리는 어지러워졌다.

천무진은 버티지 못하고 고통스러운 가슴을 움켜쥔 채로 숨을 헐떡였다.

가슴 부분에서부터 전신으로 어마어마한 고통이 퍼져 나갔다.

천무진의 입에서 비명에 가까운 신음 소리가 흘러나왔다.

"끄윽! 컥, 컥컥!"

이제는 붉어진 얼굴로 천무진은 거칠게 숨을 토해 냈다.

당장이라도 숨이 넘어갈 것처럼 고통스러웠다. 천무진이 숙였던 고개를 힘겹게 치켜들었다.

의자에 앉은 그녀가 천무진을 말없이 쳐다보고 있었다.

가만히 앉아 있던 그녀가 천천히 손을 내뻗었다.

그러고는 긴 손가락으로 천무진의 얼굴을 어루만졌다.

그러던 그녀는 이내 손가락을 떼고는 천천히 의자에서 몸을 일으켜 아예 천무진을 향해 다가가 자신의 얼굴을 가까이 가져다 대기 시작했다.

그녀가 중얼거렸다.

"고통스럽죠? 하지만 걱정 말아요. 그 고통, 곧 끝나게 해 줄 테니까요."

모든 것이 무너지기 시작했다.

세상도, 천무진의 정신도.

동시에 들려왔다.

운명을 바꾸기 위해 그동안 달려왔던 그 모든 시간이, 피나는 노력들이 물거품이 되어 사라지는 소리가.

그제야 천무진은 알 수 있었다.

결국…… 아무런 것도 바꿀 수 없다는 사실을.

그리고 그 순간 다시금 그녀의 잔인한 입술이 옴짝달싹하기 시작했다. 귓가에 바짝 가져다 댄 그녀의 입술이 작게 속삭였다.

"부탁이 있어요."

그 한마디에 천무진의 눈동자에서 생기가 사라졌다.

　　　　*　　　*　　　*

　거처는 조용했다.

　오천의 마을에 있는 객잔 하나를 통째로 빌린 탓에 한창 시끄러울 시간임에도 불구하고 이곳만큼은 무척이나 고요할 수밖에 없었다.

　십천야를 따르는 수하들만이 뭔가 바삐 움직이고 있는 곳.

　그 객잔의 가장 좋은 방에는 한 명의 여인이 자리하고 있었다. 그녀는 다리를 꼰 채로 커다란 의자에 몸을 기대고 있었다.

　붉은 면사로 얼굴을 가리고 있는 여인.

　적련화였다.

　그녀는 의자의 팔걸이 부분 위를 손가락으로 가볍게 두드렸다.

　투웅, 퉁.

　장난치듯 팔걸이 부분을 어루만지던 적련화의 시선이 이내 천천히 옆으로 향했다. 그녀의 시선이 향한 곳, 그 자리에는 천무진이 자리하고 있었다.

　그는 묵묵히 자리에 앉은 채로 정면을 응시하고 있는 상태였다.

겉보기엔 전혀 이상해 보일 것 없는 모습.

하지만 적련화는 알고 있었다.

지금 옆에 자리하고 있는 천무진은 이미 인형이나 다를
바 없다는 걸.

자리에서 일어난 그녀가 천천히 손을 뻗어 천무진의 얼
굴에 가져다 댔다.

쿡.

손가락이 볼을 찔렀고, 손톱이 조금씩 피부를 파고들었
다. 동시에 천무진의 얼굴에서 주르륵 피가 흘러내렸다.

그 모습을 바라보는 적련화의 면사 아래에 드러난 입술
이 비틀렸다.

그녀가 천천히 볼을 찌르고 있던 손톱을 뗐다.

그러고는 이내 상처가 난 부분을 어루만지며 입을 열었다.

"무림에 모습을 드러내고 정의의 사도인 것처럼 돌아다
녔다면서요? 어린 고아들도 구하고, 십천야의 일을 사사건
건 방해하며 바삐 움직였다고 하더라고요."

볼을 어루만지던 적련화가 갑자기 천무진의 턱을 움켜잡
았다. 그러고는 가볍게 턱을 위로 끌어올려 시선을 맞추고
는 속삭였다.

"하지만 그거 알아요? 그런 건 당신하고 어울리지 않는
다는 거."

말을 마친 적련화는 턱을 쥐고 있던 손을 휙 하고 놓았다.

이런 행동들에 아무런 반응도 보이지 않는 천무진을 향해 그녀가 이어 말했다.

"그래서 말인데 부탁이 하나 있어요."

부탁이 있다는 말에 정면을 응시하고 있던 천무진이 천천히 고개를 돌려 적련화를 바라봤다. 그 상태에서 적련화가 말을 이었다.

"그냥 당신은 이 상태 이대로."

그녀는 천무진의 피가 묻은 손톱을 입가에 가져다 댔다.

적련화의 붉은 입술과 천무진의 피가 뒤엉키는 순간, 다시금 그녀가 입을 열었다.

"……영원한 나의 인형이 되어 줘요."

말과 함께 적련화가 미소 지었다.

*　　　*　　　*

이곳 오천에는 무려 서른 명에 달하는 십천야 휘하의 인물들이 자리하고 있었다.

적련화를 따라 이곳 오천까지 온 이들이었고, 그들의 임무는 그녀를 보필하고 천무진을 목적지까지 옮기는 걸 돕는 것이었다.

그런 그들의 선택은 다름 아닌 수로였다.

오천은 바다와 맞닿아 있는 곳, 거기다가 바닷길은 움직인 흔적을 남기지 않는다. 천무진의 일행이 뒤늦게 그의 흔적을 찾으려 한다 한들 배를 타고 떠난 이상 뒤를 캘 수 없다는 의미였다.

더군다나 이곳 오천에서 움직일 배 또한 어딘가에서 빌리는 것이 아닌 십천야 쪽에서 준비한 선박이었다.

당연히 증거가 될 만한 뭔가가 남을 리 만무했다.

오천의 항구에는 이른 시각부터 십천야 측의 배가 정박 중이었다.

서른 명에 달하는 십천야 쪽 무인들이 모두 타야 했고, 꽤나 먼 거리를 가야 하니 그만큼 많은 양의 식재료가 필요했다.

그만한 물건들과 사람들을 모두 나를 정도의 크기를 지닌 선박.

당연히 그 크기가 클 수밖에 없었다.

항구에 정박한 십천야 측의 배 위로 연신 사람들이 오고 갔다.

십천야를 따르는 이들이 이동하는 동안 먹을 식재료를 나르고 있었던 것이다.

그리고 그런 그들을 뱃머리에 서 있는 적련화는 말없이

바라보고 있었다.

따사롭게 내리쬐는 햇볕.

그녀의 붉은 면사가 더더욱 짙게 빛났다.

계속 아래로 향해 있던 적련화의 시선이 옆으로 움직였다. 그리고 그곳에는 무표정한 얼굴로 서 있는 천무진이 자리하고 있었다.

그 또한 적련화의 옆에 선 채로 가만히 먼 곳을 응시하고 있었다.

길게 펼쳐진 바다와 항구가 한눈에 들어오는 방향이었다.

공허해 보이는 그 눈빛을 옆에서 응시하고 있던 적련화가 픽 웃으며 입을 열었다.

"참 아름다운 풍경이죠?"

말과 함께 성큼 다가가 천무진과 거리를 조금 더 좁힌 그녀가 말을 이었다.

"그거 알아요? 이곳을 떠나는 순간부터 당신은 절대 돌아올 수 없는 강을 건너게 되는 거라는 걸."

자신에게 영혼을 완벽히 제압당한 천무진은 그대로 십천야의 손에서 움직이게 될 게다.

한마디로 여태까지와는 전혀 다른 삶이 그를 기다리고 있다는 뜻이었다.

적련화가 말했다.

"알고 있어요. 아직까지 당신의 온전한 정신이 아주 조금이나마 남아 있다는 사실 정도는."

옆에 바짝 자리한 채로 그녀가 손을 뻗어 뭔가를 흘려보냈다. 새하얀 가루가 바람을 타고 주변으로 은은하게 퍼져 나갔다.

그렇게 가루를 흘려보낸 그녀가 천천히 말을 이었다.

"하지만 그것도 얼마 버티지 못할 거예요. 배에 갇혀 있는 며칠 사이에 당신의 정신은 더욱 약해질 테니까요. 그렇게 조금씩 어둠에 먹힐 거고, 결국 진짜 당신은 이렇게 사라지게 될 테죠."

말을 끝낸 적련화가 천무진의 어깨를 가볍게 툭툭 두드렸다.

그러고는 마치 위로하듯이 말했다.

"그러니 마음껏 봐 둬요. 지금 바라보고 있는 이 풍경이…… 당신이 기억하는 마지막 추억이 될 테니까."

적련화의 말이 끝날 무렵 천무진의 손가락 한 마디가 꿈틀했다.

하지만 그뿐이었다.

그 자그마한 움직임이 지금 천무진이 할 수 있는 최대한의 의지였고, 또한 전부였다.

그렇게 두 사람이 뱃머리에 선 채로 밀려드는 바닷바람을 맞으며 풍경을 바라보고 있을 때, 바삐 움직이던 수하들 중 하나가 그들에게 다가왔다.

"대장."

적련화를 향해 말을 건 사내가 주변을 슥 둘러보고는 말을 이었다.

"준비 끝났습니다. 어떻게 할까요?"

"머뭇거릴 이유가 있나요? 준비가 끝났다면 당장 출발하죠."

"네, 그럼 곧바로 움직이도록 하겠습니다."

말을 끝낸 그는 곧바로 바깥에 있던 수하들에게 신호를 보냈고, 이내 마지막 뒷정리를 하던 이들까지 모두 배에 탑승했다.

그렇게 출항할 모두가 배에 올라타 자리하자 이들을 이끄는 우두머리 사내가 슬쩍 적련화에게 시선을 보냈다.

그러자 그녀가 기다렸다는 듯 답했다.

"가요."

그 말이 떨어지자 사내는 재빨리 안쪽에 있는 이들에게 움직이라는 신호를 보냈다.

쿠웅.

선착장에 자리하고 있던 배가 소리와 함께 움직이기 시

작했다. 펼쳐진 돛을 향해 세찬 바닷바람이 밀려들었다.

우우웅.

파도를 가르며 배가 천천히 움직이기 시작했고, 이내 숙련된 뱃사람의 익숙한 손놀림으로 인해 목적지를 향해 방향을 잡을 수 있었다.

배는 조금씩 육지에서 멀어지기 시작했다.

그리고 그 말은…… 천무진의 남은 시간이 점점 끝나 간다는 의미이기도 했다.

그걸 알아서일까?

뱃머리에 선 천무진의 눈동자는 여전히 점점 멀어지는 항구를 향해 있었다.

그리고 점점 흐릿하게 변해 가는 그 눈동자를 옆에서 바라보는 적련화의 입꼬리는 점점 기분 좋게 올라가고 있었다.

그렇게 배가 점점 항구를 벗어나 움직이고 있는 그때였다.

수하들에게 명령을 내리며 목소리를 높이던 우두머리 사내가 갑자기 분주하게 움직이며 돌려 대던 시선을 고정시켰다.

그의 시선이 향해 있는 곳은 방금 떠난 항구가 있는 방향이었다.

사내가 미간을 찌푸리며 중얼거렸다.

"뭐야 저건."

수하의 중얼거리는 목소리를 들은 적련화가 그를 향해 슬쩍 시선을 돌렸다.

헌데 그는 상관인 적련화가 자신을 바라보고 있다는 것도 눈치채지 못하고 여전히 다른 방향을 응시하고 있었다.

적련화가 물었다.

"뭐죠?"

그녀의 질문에 퍼뜩 정신을 차린 수하가 급히 답했다.

"저…… 지금 저기 부두 길을 따라 누군가가 이쪽으로 달려오고 있습니다."

"그게 무슨……."

생각지도 못한 말에 적련화의 시선 또한 수하가 바라보는 방향을 향해 움직였다.

항구와 이어져 있는 기다란 부두 길.

그 길 위를 누군가가 미친 듯이 내달리고 있었다.

타타타타탁!

긴 머리카락과 새하얀 백의가 사방으로 나부낀다.

마치 한 마리의 날쌘 호랑이를 연상케 할 만큼 무서울 정도의 속도로 부두의 길을 내달리는 한 명의 여인이 눈에 들어왔다.

부두 길을 달려 점점 자신들의 배를 향해 거리를 좁혀 오는 상대를 확인한 적련화가 이해가 안 간다는 듯 고개를 갸웃했다.

"뭐야 저 여자는?"

"설마 여기까지 날아오르려고 하는 건 아니겠지요?"

수하의 말에 적련화가 비웃음을 흘렸다.

이미 배가 움직인 지 꽤나 시간이 지났고, 덕분에 선착장과의 거리 또한 멀어진 상태였다. 이 정도 거리를 단번에 뛰어넘는다는 게 말이 될 리가 없지 않은가.

적련화가 말했다.

"이 거리를 날아오르는 게 말이나 된다고……."

허나 적련화의 말이 채 끝나기도 전이었다.

부두의 끝까지 무서운 속도로 달려오던 그 여인이 곧바로 땅을 박차고 날아오른 것이다.

순식간에 하늘로 치솟아 오른 여인.

그런데…….

"어, 어어?"

수하가 당황한 듯 더듬거렸다.

단 한 번의 도약으로는 절대 닿을 수 없을 정도로 먼 거리였다. 그런데 날아오른 여인의 그림자가 순식간에 배 위에 길게 드리워졌다.

그 말은 곧 정체불명의 여인이 바로 이곳 배의 위까지 날아올랐다는 뜻이었다.

놀란 그가 뭔가 대비를 하려던 찰나.

하늘 위로 날아오른 여인의 그림자가 움직였다.

순간 그 여인의 손에 들린 집채만 한 크기의 대검이 벼락처럼 배를 향해 떨어져 내렸다.

날아드는 새하얀 강기!

그걸 본 순간 배 위에 자리한 이들의 안색이 굳어졌다.

보통 공격이 아니었으니까.

날아든 강기는 정확하게 배의 중앙 부분을 꿰뚫었다.

콰콰콰콰쾅!

서른 명이 넘는 인원을 태우고 있던 커다란 배가 순식간에 반으로 쪼개졌다.

동시에 바다가 출렁였고, 배는 곧 균형을 잃고 침몰하기 시작했다.

"이잇!"

흔들리며 급속도로 가라앉기 시작한 배의 위에서 적련화가 다급히 균형을 잡았다. 그녀가 비틀거리다 고개를 치켜들었을 때였다.

타악.

기우뚱 기운 채 바다로 조금씩 가라앉기 시작한 배의 난

간 한쪽에, 이 모든 일의 원흉인 여인이 착지한 채로 적련
화가 있는 쪽을 바라보고 있었다.

채 손을 겨루어 보기 전이었음에도 불구하고 적련화는
알 수 있었다.

붉은 면사로 가려진 얼굴이 긴장한 듯 굳어졌다.

'……누구지?'

단번에 이 먼 거리를 뛰어넘는 믿을 수 없는 움직임과 배
를 반으로 갈라 버린 그 파괴적인 일격까지.

자신보다 커다래 보이는 대검을 한 손으로 쥔 채 서 있는
모습마저 범상치 않았다.

'나 혼자서 맞설 수 있는 상대가 아니야.'

갑자기 벌어진 이 난처한 상황을 어찌해야 하나 고민에
빠지는 찰나 퍼뜩 뭔가가 머리를 스치고 지나갔다. 적련화
의 시선이 급히 옆으로 향했다.

그곳에는 배가 가라앉는 와중에도 미동조차 하지 않고
서 있는 천무진이 있었다.

그를 확인하는 순간 불안했던 감정이 거짓말처럼 사라졌
다.

'그래! 나에겐 천무진이 있지!'

상대가 누구든 상관없었다.

천무진만 있다면 누구도 자신을 건드릴 수 없을 테니까.

천무진을 조종하기 위해 그를 향해 손을 뻗은 적련화가
뭔가를 하려던 찰나였다.

부웅!

대검에서 날아든 기운이 천무진을 향하던 손길을 뒤로
물러나게 만들었다. 놀란 듯 적련화가 주춤거리는 사이.

커다란 대검의 주인, 백아린이 차가운 목소리로 말했다.

"개수작 부리지 마. 손가락 다 날려 버리기 전에."

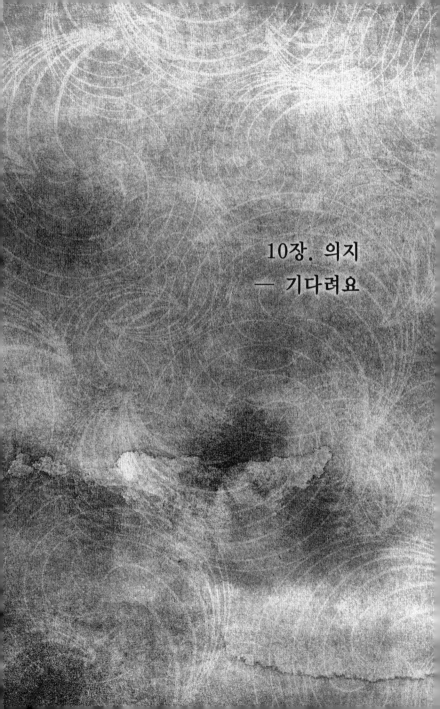

10장. 의지
— 기다려요

　귀문곡과의 싸움이 끝난 직후.

　한천과 헤어진 백아린은 목적지인 오천을 향해 쉼 없이 달렸다. 천무진 일행에게 도착한 정보 중 거짓이 섞여 있었다. 그로 인해 자신들이 함정에 빠졌으니, 천무진이나 단엽 또한 위험할 수 있다는 판단을 내렸기 때문이다.

　오천에 도착한 것은 막 해가 질 무렵이었다.

　당연히 그녀가 제일 먼저 향한 곳은 천무진과 정보를 주고받았을 오천 지역에 위치한 적화신루의 거점이었다.

　그렇게 찾아간 적화신루의 거점.

　그런데 그곳에서 백아린은 눈살을 찌푸릴 만한 대답을

들어야만 했다.

"위치를 모른다고요?"

"예, 어제까지는 연락이 닿았는데 이후로 감감무소식이십니다."

수하의 보고에 백아린이 다급히 물었다.

"혹시 연락이 끊긴 이후로 뭔가 이곳 오천에 큰일은 없었어요? 소란이 있었다거나 하는 일이요."

"흐음, 글쎄요. 다시 한번 확인은 해 보겠지만 적어도 제가 아는 선에서는 없었습니다."

"……그래요?"

대답을 하며 백아린은 잠시 생각에 잠겼다.

천무진 정도 되는 무인에게 무슨 일이 생겼다면 절대 소란 없이 끝나지는 않았을 것이다. 그런 의미에서 별다른 소란이 없었다는 말에 어느 정도 안심이 되긴 했지만…….

백아린을 향해 수하가 말했다.

"혹시 거처로 돌아가신 게 아닐까요? 오천을 이 잡듯 뒤지고 다니시면서 찾아내신 것이 하나도 없었거든요. 슬슬 마무리 짓고 돌아가야 하나 생각하고 계신 것 같았습니다."

대답을 들은 백아린은 고개를 끄덕였다.

분명 시간상 그랬을 가능성 또한 배제할 수 없을 테니까.

정황상 천무진에게 무슨 일이 생겼을 확률보다, 직접 마교로 돌아갔을 확률이 높았다.

허나 모든 것들이 아무런 문제가 없을 거라 말하고 있음에도 불구하고 백아린은 이상하게도 찜찜했다.

'뭔가 느낌이 안 좋은데.'

그저 단순한 느낌일 뿐이었다.

하지만 그렇다고 해서 그냥 외면하는 건 내키지 않았다.

결국 마음을 정한 백아린이 말했다.

"아무래도 직접 확인해 봐야 할 것 같군요. 어제 천 공자가 모습을 드러냈던 곳들에 대한 정보 부탁해요."

백아린의 명령에 잠시 멈칫한 수하는 이내 고개를 끄덕이며 답했다.

"예, 알겠습니다. 금방 알아다 드릴 테니 잠시만 기다려 주시지요."

얼마의 시간이 흐른 후.

적화신루 거점에 대기하고 있던 백아린에게 천무진에 대한 많은 정보들이 들어왔다. 물론 천무진이 작정하고 은밀히 움직인다면 적화신루라고 해도 찾기 어려운 건 사실이다.

허나 천무진이 계속해 정보를 요청해 받는 곳이 적화신루였으니, 당연히 그의 움직임을 알 수밖에 없었다. 거기다가 종종 사람들 사이에서 모습을 드러낸 정황까지.

 모든 것이 적힌 서찰을 받아 든 백아린은 안의 내용을 확인하고는 곧바로 움직였다.

 천무진이 움직인 곳은 꽤나 많았지만 백아린은 우선 의심스러운 장소를 네 개로 추려 냈다.

 그렇게 움직이던 그녀가 마지막으로 들른 장소.

 그곳은 오천 한쪽에 위치한 그리 크지 않은 객잔이었다.

 모습을 드러낸 순서대로 움직인 탓에 어쩌면 천무진이 마지막으로 보인 장소이기도 했다.

 객잔에 들어선 백아린은 천천히 내부를 훑었다.

 천무진이 마지막으로 모습을 드러낸 장소.

 싸움이 벌어졌었다면 아무리 뒷수습을 했다 해도 그 흔적이 남아 있을 터인데…….

 '멀쩡하네.'

 백아린이 주변을 둘러보던 사이 점소이 소년이 다가왔다.

 "혼자 오셨습니까?"

 자신에게 말을 걸어오는 소년을 향해 백아린이 슬쩍 시

선을 돌렸다. 그러고는 이내 그녀가 물었다.

"꼬마야, 여기서 손님을 받는 일을 하는 건 너뿐이니?"

백아린의 질문에 어린 점소이는 내부를 가리키며 말을 받았다.

"네, 크지 않아서 제가 거의 하고 있어요. 그건 왜요?"

"그럼 혹시 어제도 여기 있었니?"

백아린의 질문에 점소이는 고개를 끄덕였다.

대답을 들은 그녀는 곧장 그에게 천무진의 얼굴이 그려진 종이를 내밀었다. 이게 뭐냐는 듯 올려다보는 점소이 소년을 향해 백아린이 말했다.

"혹시 이 종이에 그려진 얼굴을 기억하고 있는지 해서."

백아린의 말에 천무진의 용모파기가 그려진 종이를 펼친 소년은 이내 짧은 소리를 토해 냈다.

"아!"

"이 사람 기억나?"

"그럼요. 원래 오가는 사람이 많아서 전부 떠올리지는 못하는데 이 손님은 기억이 나요. 어제 오후쯤에 들렀던 것 같은데……."

풍기는 분위기부터 준수한 외모까지.

점소이 소년은 짧게 들렀던 천무진을 정확하게 기억하고 있었다.

소년이 곧장 말을 이었다.

"오셔서 소면이었나 뭐 그런 비슷한 거 한 그릇 시켰던 거 같아요. 그게 다예요."

"그 외에 뭐 특별한 거 기억나는 건 없고? 어디 다쳤다거나 아니면 급해 보였다거나 이런 거 혹시 뭐 떠오르는 건 없니?"

"네, 전혀요. 저 자리에 앉아 계시다가 가셨어요."

소년이 가리킨 자리는 다행히 비어 있었기에 백아린은 그쪽으로 다가가 천천히 의자에 걸터앉았다. 그녀는 빈 탁자를 가만히 손으로 어루만졌다.

'역시 괜한 걱정이었나 보네.'

너무도 멀쩡한 모습으로 나타났다가 두 발로 스스로 걸어서 나갔으니 이상하다 여길 만한 부분이 없었다. 점소이 소년의 말에서도 아무런 의심할 만한 상황을 듣지 못한 백아린이 그렇게 몸을 일으켜 세우려던 찰나였다.

탁자를 짚었던 손.

그녀가 갑자기 움찔했다.

탁자를 짚으며 자연스레 아래쪽으로 향했던 엄지 부분에 걸린 미묘한 감촉 때문이었다.

그건 흠집이었다.

그런데…….

백아린이 갑자기 엄지손가락으로 탁자 아래에 있는 흠집을 더듬거렸다. 그리고 이내 뭔가를 알아차렸는지 다급히 무릎을 굽히며 탁자 아래를 살폈다.

그렇게 아래를 확인한 백아린의 눈이 커졌다.

역시나 이건 단순한 흠집이 아니었다.

탁자 아래쪽에 남겨져 있는 건 다름 아닌 하나의 글자였다.

천(天)

너무도 간단한 글씨.

그런데 그 간단한 글자조차도 형체를 알아보기 힘들 정도로 삐뚤삐뚤했고, 또 종종 획이 이어지지 못하고 끊겨 있었다.

이 글자엔 안간힘을 다해 남겨 놓은 흔적이 역력했다.

그걸 확인하는 순간 백아린은 의아할 수밖에 없었다.

천무진이 앉았던 자리, 그곳에 남겨진 천(天)이라는 글자. 그건 분명 천무진이 남겼을 것이 분명했다. 그런데 그가 이렇게 흔적을 남겨야 할 일이 있었다면 그건 대체 무엇이었던 걸까?

그저 하나의 글자일 뿐이다.

하지만 그 삐뚤삐뚤한 글자엔 천무진의 다급함이 담겨 있었다.

그때 막 백아린에게 주문을 받기 위해 점소이 소년이 다가왔다.

"그럼 주문은……."

무릎을 굽힌 채로 탁자 아래를 뚫어져라 바라보고 있던 백아린이 서둘러 몸을 일으켜 세웠다.

그러고는 점소이 소년에게 한 걸음 다가서며 물었다.

"정말 어제 그 사람한테 아무런 일도 없었어? 뭐라도 좋으니 기억해 내 줬으면 좋겠어. 한 사람의 목숨이 달린 일이야."

백아린의 간절한 목소리에 움찔한 소년이 머리를 긁적였다.

별반 특별할 것이 없었기에 잠시 생각하던 소년은 말하지 않았던 것이 생각나자 그걸 그대로 말해 주었다.

"아 참, 그런데 그분 식사를 안 하고 가셨어요."

"식사를 안 했다고?"

"네, 혼자 오셔서 음식을 주문하셨는데 가져다드릴 무렵에 다른 일행분이 찾아오셨더라고요. 자리에서 일어나 그분과 같이 나가시느라 식사를……."

점소이 소년의 말을 가만히 듣고만 있던 백아린이 황급

히 물었다.

"혹시 어떻게 생긴 사람인지 기억해?"

"어, 그게……."

소년은 자신의 기억을 더듬었다.

그리고 다행히도 소년은 기억하고 있었다.

"여자였어요. 근데 얼굴은 붉은 천으로 가리고 있어서 전혀 안 보였고요."

"……여자?"

말을 듣는 백아린의 표정은 점점 딱딱하게 굳어졌다. 천무진은 전생에 대해 백아린에게 말했었다. 그리고 한 명의 여인으로 인해 얼마나 비참한 삶을 살았는지에 관해서도.

'설마…….'

바로 그때였다.

"그 여자가 남자분한테 무슨 부탁이 있다고 하던데요?"

점소이 소년이 기억해 낸 그 한마디에 백아린의 눈동자가 심하게 흔들렸다.

의심이 확신이 되었고, 백아린은 알 수 있었다.

지금 천무진이 위험하다는 것을.

제대로 쓰지 못한 이 글자에 담긴 간절함까지도.

천무진은 아마 안간힘을 다해서 이 글자를 남겼을 것이다. 이 흔적을 통해 자신을 찾아 주기를 바라면서.

생각이 거기까지 미치자 백아린은 입술을 꽉 깨물었다.

천무진은 자주 악몽을 꿔 왔다.

과거의 삶이 괴로웠다는 걸 들은 이후에야 천무진이 왜 그 같은 악몽에 시달리는지 알게 됐다.

그런데 지금 그에게 그때와 똑같은 일이 벌어지고 있었다.

'……기다려요. 반드시 찾아 줄 테니까.'

백아린의 고개가 객잔의 문 쪽으로 향했다.

더는 망설일 여유 따윈 없었다.

그녀가 곧장 옆에 있는 소년에게 동전 몇 푼을 쥐여 주며 말했다.

"고마워."

"어, 이거 너무 많은……."

점소이 소년의 말이 채 끝나기도 전, 백아린의 모습이 바람처럼 사라졌다.

그렇게 사라진 백아린이 모습을 드러낸 곳은 역시나 적화신루의 거점이었다.

그곳에서 자신의 업무를 보고 있던 사내는 재차 들이닥친 백아린의 모습에 서둘러 자리에서 일어나 예를 갖췄다.

"사총관님 오셨……."

그런 그의 말을 자르며 백아린이 말했다.

"지금 당장 이곳의 사람들 모두 모아요. 손을 빌릴 수 있는 인원은 하나도 남김없이 전부요."

"예? 당장 말입니까?"

"한시가 급한 일이에요. 서둘러요."

"하지만 다들 하는 일이 있는지라 당장은 어렵습니다."

당황한 듯 말하는 수하를 향해 백아린이 곧장 답했다.

"하는 일 모두 멈춰요. 그게 무슨 일이 됐든 간에요. 지금부터 오천을 비롯해 인근 마을에 있는 모든 적화신루의 정보원들은 제 명령대로 움직입니다."

"하지만 그러기 위해서는 상부의 허락이……."

쾅!

백아린이 주먹으로 벽을 강하게 내리쳤다. 벽이 흔들릴 정도로 강한 힘에 적화신루 소속의 수하가 움찔할 때였다.

백아린이 말했다.

"제 명령이라 생각하지 말아요. 이건…… 적화신루 루주님의 의지니까요."

말을 내뱉은 그녀의 눈동자에서 느껴지는 강렬한 시선. 그걸 마주하고 있던 수하가 입을 열었다.

"……뭘 찾으면 되겠습니까?"

물어 오는 질문에 백아린이 답했다.

"찾아야 할 건 두 가지예요. 첫 번째, 붉은 천으로 얼굴을 가리고 있는 여자. 그리고 두 번째는 천(天)이라고 적힌 글자들이에요. 하나도 빠짐없이 모두 찾아요. 분명 제대로 알아보기 힘들 정도로 엉망일 거예요. 그것들이 어디로 향하고 있는지를 알아내야 해요."

백아린은 믿었다.

천무진의 상태가 어떨지 몰라도 그는 계속해서 자신을 찾아낼 수 있도록 흔적을 남겼을 거라고.

*   *   *

백아린의 예상은 적중했다.

찾기 어려울 정도로 희미하고, 알아보기도 힘든 형체긴 했지만, 마을의 일부 장소들에서 천(天)이라는 글씨를 발견할 수 있었다.

그렇게 그 글자들을 이어 하나의 길로 만들어 가던 도중, 결국 하나의 의심스러운 장소가 모습을 드러냈다.

그곳은 객잔이었다.

그리고 그 객잔은 며칠 전부터 누군가에게 통째로 빌려진 상황이었다는 것도 알게 됐다. 적화신루의 수하들을 대동한 채로 다급히 객잔을 찾은 백아린은 천무진이 남긴 또 하나의 흔적을 발견할 수 있었다.

이제는 비어 있는 객잔 방 내부에서였다.

글자를 확인하고 있던 백아린의 뒤편으로 이 객잔의 주인이 끌려왔다. 그는 마른하늘에 날벼락이라도 맞은 것처럼 긴장한 얼굴이었다.

백아린이 이 객잔 주인을 향해 다가서며 말했다.

"물을게요. 솔직히 대답해야 할 거예요. 그렇지 않으면 서로 좋지 못한 꼴을 보게 될 수도 있거든요."

그녀의 경고에 객잔 주인이 마른침을 꿀꺽 삼킬 때였다.

백아린이 물었다.

"이 객잔에 머물던 자들 중에 붉은 천으로 얼굴을 가린 여자가 있었어요?"

"부, 붉은 천이요?"

더듬거리던 객잔 주인은 곧바로 고개를 마구 끄덕였다.

그가 서둘러 말을 이었다.

"예, 예, 있었습니다요. 아래로 내려오지는 않아서 거의 보지는 못했는데, 계속 이곳으로 음식을 가져다 달라고 하더군요."

"……이 방에 그 여자가 있었군요."

"네, 맞습니다."

"혼자였나요?"

"아뇨. 웬 사내 하나와 함께였는데……."

말을 듣기가 무섭게 백아린은 천무진의 용모파기가 그려진 종이를 펼쳐 그에게 내밀었다. 움찔하는 객잔 주인을 향해 백아린이 물었다.

"이 사람 맞아요?"

정신을 차리고 종이 안의 그림을 확인한 객잔 주인이 손가락으로 그림을 가리키며 답했다.

"예, 이 사내 맞습니다."

대답을 듣는 순간 백아린은 자신도 모르게 종이를 와락 구겼다. 그런 그녀의 모습에 객잔 주인이 놀란 듯 뒷걸음치는 그때였다.

백아린이 다시 질문을 던졌다.

"여기 있던 이들 어디로 갔는지 알아요?"

"그, 그게……."

더듬거리는 객잔 주인을 향해 백아린이 눈을 치켜떴고, 그가 황급히 말을 이었다.

"배, 배를 타러 갔습니다! 배에 실을 짐들을 한참 날랐었거든요."

배라는 말에 백아린의 표정이 더욱 굳어졌다.

육로가 아닌 수로를 통해 이동한다면 흔적이 남지 않아 뒤를 잡기가 너무 어려워진다.

그녀가 다급히 물었다.

"언제 출항이죠?"

"그것까지는……."

"치잇!"

백아린은 한 손으로 이마를 감싸 안았다.

이미 배가 떠났을지도 모르는 상황이다. 그랬기에 그녀에겐 더는 머뭇거릴 틈이 없었다.

배를 타고 이동하기 전에 어떻게든 천무진을 찾아내야만 했으니까. 그렇지 않으면 그를 찾아내는 건 얼마의 시간이 더 소요될지 알 수 없었다.

백아린이 다급히 말했다.

"항구가 어느 쪽이죠?"

물어 오는 질문에 수하가 곧장 답했다.

"나가시자마자 이어진 길을 따라 남쪽으로 쭉 움직이시면 바로 보이실 겁니다. 적의 정체도 모르는데 정보를 모으고 움직이시는 것이……."

"그러면 늦어요. 제가 먼저 움직일 테니 지부장은 사람들을 모아서 따라와 줘요."

"예, 알겠습니다."

말을 끝낸 백아린은 곧장 움직였다.

그녀가 갑자기 내달리기 시작하더니 창문을 통해 훌쩍

뛰어내려 섰다. 하늘 위에서 백아린이 뚝 하고 떨어져 내리자 주변에 있던 이들이 깜짝 놀라 물러섰지만, 지금 그녀에겐 그런 것들은 전혀 중요치 않았다.

'시간이 없어!'

천무진을 구할 수 있는 마지막 기회일지도 모른다.

그랬기에 그녀는 달려야만 했다.

백아린은 수하가 말해 준 대로 길을 따라 계속해서 내달렸다.

그렇게 도착한 항구.

하지만 항구에 도착해 주변을 빠르게 훑어보는 백아린의 얼굴엔 착잡함이 맴돌았다.

'……너무 많아.'

정박해 있는 배만 해도 수십 척이다. 거기다 막 바다 위를 가로지르며 움직이는 배들까지. 이 모든 것들을 한 번에 확인하는 건 불가능했으니까.

주변을 마구 둘러보는 백아린의 표정은 간절했다.

'어디예요? 어디에 있어요?'

이미 늦은 걸까? 아니면……

그 순간.

움찔.

그녀의 간절한 시선이 주변을 훑어가던 그때 백아린은

자신에게 향하는 누군가의 시선을 느낄 수 있었다.

미세한 감각, 하지만 그걸 느끼는 순간 백아린의 시선이 곧바로 그쪽으로 향했다.

자신을 향한 눈빛이 느껴지는 건 이미 항구에서 제법 멀어진 한 척의 배에서였다.

그리고 그 배를 향해 안력을 돋우는 순간 들어온 건…….

천무진이었다.

뱃머리에 선 천무진이 백아린을 바라보고 있었다.

흐릿해진 눈동자, 그렇지만 그 시선은 정확히 백아린에게 향하고 있었다.

거리가 엄청나게 멀었지만 뛰어난 무인인 백아린이었기에 그 배 위에 자리한 천무진을 확인하는 건 어렵지 않았다.

그를 확인하는 순간 백아린의 발은 자신도 모르게 달리고 있었다.

타다다닷!

길게 이어진 부두를 그녀는 재빠르게 내달렸다.

백아린의 머릿속에는 오로지 하나의 생각뿐이었다.

구해야 한다!

거리는 제법 멀었지만 백아린은 일말의 망설임도 없이 부두 길이 끝나는 곳에서 발을 구르며 도약했다. 순식간에 그녀의 몸이 바다 위를 가르며 날아올랐다.

파앗!

동시에 점점 가까워지는 배.

그리고 그 배 위에 자리하고 있는 이들의 모습이 하나둘 씩 눈에 들어와 박힌다. 동시에 멍하니 자리하고 있는 천무진도.

순간 화가 치밀어 올랐다.

으드득.

백아린이 쥐고 있던 대검을 강하게 움켜잡았다. 순간적으로 휘몰아치는 내공이 곧장 하나의 기운이 되어 강기를 형성했다.

그리고 그대로 낙하를 하는 것과 동시에 백아린은 대검에 실린 강기를 정확하게 쏘아 냈다.

콰콰콰콰쾅!

배가 순식간에 반으로 갈라지며 흔들거렸고, 백아린은 재빠르게 난간 위에 착지했다.

그녀의 시선이 저절로 맞은편에 자리하고 있는 붉은 면사의 여인에게로 향했다.

백아린은 단번에 알 수 있었다.

천무진에게 들었던 그 여인이 바로 저자라는 걸.

바로 그 순간 백아린은 그 붉은 면사를 쓴 여인이 천무진을 향해 손을 움직이려는 걸 알아차렸다.

수상쩍은 움직임, 그리고 백아린은 그걸 두고 볼 생각이 없었다.

　백아린이 빠르게 대검에 검기를 실어 쏘아 보냈고, 그걸 피하기 위해 상대는 황급히 손을 거둬야만 했다.

　그 순간 그런 그녀를 향해 백아린이 경고를 날렸다.

　"개수작 부리지 마. 손가락 다 날려 버리기 전에."

*　　　*　　　*

　그렇게 마주한 백아린과 적련화 사이에는 묘한 기류가 흘렀다.

　적련화는 당황할 수밖에 없었다.

　갑작스럽게 나타나 배를 반으로 갈라 버린 무위도 그렇지만 마치 자신이 천무진에게 뭔가 수를 쓰려는 걸 알고 있는 모양새였다.

　십천야인 적련화다.

　기본적으로 뛰어난 무공 실력을 지닌 건 사실이지만, 그건 일반적인 무인과 비교해서였다. 십천야 중에서 무공 실력으로만 보자면 가장 아래였고, 그녀는 다른 쪽에 특화된 능력을 지닌 인물이었다.

　그런 적련화가 백아린을 이길 수 있을 리 만무했다.

게다가 배는 이미 반으로 갈라진 탓에 빠른 속도로 바닷속으로 잠기고 있었다.

침몰하는 배 위에서 마주한 상대에게 적련화가 물었다.

"당신…… 누구죠?"

그녀의 질문에 백아린이 담담히 답했다.

"적화신루 사총관 백아린. 그리고 네 더러운 계획을 산산조각 내 줄 사람이기도 하고."

*   *   *

"대장! 괜찮으십니까?"

수하 하나가 다급히 적련화의 옆으로 다가와 물었다. 빠르게 침몰하는 배 위에서 그나마 버티고 선 몇 안 되는 이들 중 하나였다.

나머지 일당은 대부분 배의 선상 위가 아니라 내부에 있었고, 그 때문에 일이 일어난 직후 바다에 빠질 수밖에 없었다.

물론 십천야를 따르는 무인들이 바다에 빠진 정도로 죽진 않겠지만 말이다.

백아린은 빠르게 적련화의 주변으로 몰려드는 적들을 보며 대검을 들어 올렸다.

어차피 박살을 내 줘야 할 상대들이다.

다만 중요한 건…….

'천 공자부터 구해 내야 해.'

바닷속으로 빨려 들어가는 배 위에 서 있음에도 불구하고 전혀 미동도 하고 있지 않은 천무진이다. 예상했던 대로 천무진의 상태는 이상했고, 자칫 잘못하면 위험해질 수도 있는 상황이었다.

그랬기에 백아린에게 무엇보다 중요한 건 천무진의 안전이었다.

그러기 위해서 가장 중요한 건 우선 저들과 천무진을 떨어트려 놓는 것이었다.

'그렇다면……!'

백아린의 대검으로 빠르게 내력이 몰려들었다.

그러고는 이내 적련화와 그녀의 수하들을 향해 재빠르게 대검을 휘둘렀다.

부웅!

강렬한 강기가 다시금 휘몰아쳤다. 갑작스러운 백아린의 공격에 그들이 놀란 듯 움찔했을 때다.

날아든 강기는 그들이 아닌 다른 곳으로 향하고 있었다.

그리고 백아린의 강기가 닿는 곳.

그곳엔 천무진이 있었다.

콰앙!

강기에 적중당한 배의 일부분이 박살이 나며 튕겨져 올랐다. 그리고 강기는 정확하게 천무진이 버티고 서 있던 부분을 통째로 날려 버렸다.

하지만 절묘한 힘 조절 덕분에 근처의 것들은 모두 박살이 났지만 천무진과 그가 버티고 서 있던 부분은 너무도 멀쩡히 하늘로 치솟아 오를 뿐이었다.

순간 백아린이 난간을 박차며 다시금 하늘 위로 솟구쳤다.

휘리리릭!

날아든 백아린의 몸이 허공에 떠 있는 천무진에게 빠르게 다가갔다.

두 사람의 거리가 점점 가까워지더니 급기야는 백아린의 손이 천무진의 몸에 닿았다.

투욱.

손끝에 닿는 감촉, 백아린은 그대로 천무진을 감싸듯 안으며 그대로 허공에서 회전했다.

타앗!

백아린이 착지한 건 물 위에 떠 있는 커다란 판자 조각 위였다. 한 사람을 안고 물 위에 있는 판자 위에 착지했거늘 주변으론 파도를 제외한 어떠한 파동도 없었다.

그만큼 그녀의 무공이 빼어났기 때문이다.

백아린은 안고 있던 천무진을 천천히 나무판자 위에 눕혔다.

이런 소란 속에서 미동조차 없는 그를 눕히며 시선을 마주한 백아린이 입을 열었다.

"미안해요. 늦었죠?"

꿈틀.

대답을 할 수 없던 천무진의 손가락 마디 하나가 꿈틀거렸다. 그 미세한 움직임을 보며 백아린은 입술을 깨물었다.

시체처럼 아무런 대답도 없이 자신을 바라보기만 하는 천무진의 모습에 이상할 정도로 가슴이 아파 왔다. 그를 눕힌 백아린이 몸을 일으켜 세워 뒤편으로 시선을 돌렸다.

그녀가 말을 이었다.

"기다려요. 금방 끝내고 올 테니까."

점점 바다로 빠져 들어가고 있는 배, 하지만 아직 백아린의 용무는 끝나지 않았다.

그녀가 곧장 물 위를 박차고 침몰하는 배 위로 다시금 모습을 드러냈다. 그곳에서는 이미 전열을 정비한 적련화와 그녀의 수하들이 자리를 잡고 있었다.

대검을 든 채로 가장 높은 곳에 자리한 백아린이 상대들을 향해 말했다.

"죽어야 할 놈들이 옹기종기 모여 있으니 끝내긴 쉽겠네."

말을 끝낸 그녀가 빠르게 내력을 끌어올렸다.

동시에 백아린의 몸 주변으로 검은색의 가시가 돋기 시작했다.

잔마폭멸류였다.

가시 모양을 한 검은 색의 검기들. 그 검기들이 하나하나 날카로운 창처럼 위로 솟구쳐 올랐다.

그리고 그걸 눈으로 직접 확인한 적련화의 손끝이 미미하게 떨렸다.

백아린이 펼치고 있는 저 무공이 무엇인지 알고 있어서였다.

'잔마폭멸류? 그걸 저 계집이 어떻게……!'

채 놀라운 감정을 감추기도 전, 백아린의 주변으로 피어 올랐던 검은 색의 검기들이 마치 화살처럼 쏘아져 들어왔다.

아무런 것도 모르는 수하들이 검기를 막겠다고 달려드는 순간.

적련화가 소리쳤다.

"안 돼! 막지 말고 피햇!"

다급한 외침과 함께 적련화는 기우뚱 기운 배의 바닥을 따라 곧장 바다 안으로 몸을 날렸다.

적련화의 외침 덕분에 일부는 재빠르게 막으려던 움직임을 거두고 방향을 틀었지만, 선두에서 움직였던 이들은 이미 잔마폭멸류의 간격 안에 들어선 후였다.

그리고.

콰콰콰콰쾅!

폭발과 함께 이에 휩쓸린 이들의 몸이 사방으로 튕겨져 나갔다. 동시에 바다를 향해 쏟아진 잔마폭멸류의 기운이 커다란 물보라를 만들어 냈다.

쿠왕!

물이 하늘을 향해 치솟아 올랐다.

동시에 인위적으로 만들어진 파도가 주변으로 마구 밀려 나갔다.

그 한 번의 공격으로 그나마 멀쩡했던 배의 일부분은 아예 조각조각이 나 버렸고, 적련화를 호위하겠다고 나섰던 인원들 절반 이상이 휩쓸려 사라졌다.

바다에 먼저 몸을 날렸던 적련화는 쏟아지는 잔마폭멸류의 기운을 아슬아슬하게 피해 냈다.

하지만……

파악!

살갗이 뜯겨져 나간 듯한 고통을 느낌과 동시에 물속에서 헤엄치던 적련화의 어깨에서 엄청난 양의 피가 터져 나왔다.

'으윽!'

슬쩍 열린 입으로 거품이 뽀그르르 올라갔다.

허나 이내 적련화는 이를 악물었다.

도망쳐야만 했다. 처음 등장할 때부터 상대가 좋지 않다는 걸 눈치챘다. 그런데 상대의 정체가 소문의 그 여인이라니.

주란을 꺾었고, 반조가 인정했으며 왕도지를 죽인 인물.

적련화의 무공 수위는 십천야 중에서 최약체에 속했고, 좋게 봐도 절정 정도밖에 이르지 못한 실력자였다. 그런 그녀가 우내이십일성 이상의 경지에 오른 백아린을 어찌 상대할 수 있겠는가.

그나마 다행이라면 지금 싸움이 벌어진 것이 바다라는 점이다.

지금 이렇게 물에 빠진 상태로 몰래 도망을 친다면 살아서 빠져나갈 가능성이 있었다.

육지였다면 이 정도의 실력 차가 나는 상대에게서 도망치는 건 불가능한 일.

허나 이곳은 바다였다.

어깨의 상처를 무시한 채로 적련화는 몸을 틀었다.

최대한 육지에서 멀리 도망칠 생각인 것이다.

바로 그때였다.

허공에서 밀려드는 묵직한 기운을 느낀 적련화가 황급히 몸을 돌리며 몸을 보호했다.

그리고 다시 한번 물이 용솟음쳤다.

콰앙!

솟구쳐 오른 물줄기. 일순 적련화는 자신 주변에 있던 바닷물들이 모두 하늘로 올라간다는 착각이 들었다. 그리고 잠시 날아가 버린 물 사이로 백아린의 목소리가 흘러 들어왔다.

"어딜 도망치려고."

동시에 위에서 날아든 백아린의 주먹이 바닷물이 밀려나가며 모습을 드러낸 적련화의 복부에 틀어박혔다.

퍼엉!

그 힘이 얼마나 셌는지 배에 일격을 허용한 적련화의 몸이 허공으로 튕겨져 올랐다. 동시에 입에선 피가 뿜어져 나왔다.

"컥!"

생각지도 못한 상황에 적중당한 일격이었다.

최소한의 방어조차 하지 못한 채 일격을 허용해 버린 탓에 피를 뿌리며 날아올랐던 적련화는 아슬아슬하게 근처에 있는 배의 파편 위에 올라섰다.

그녀는 고통스러운지 배를 움켜쥔 채로 거친 숨을 몰아쉬었다.

"커억, 헉."

순간 바다 위에 떠 있는 조각들을 밟으며 백아린이 물 위를 내달려 다가오는 게 보였다.

부우웅!

날아드는 커다란 대검의 모습에 적련화가 서둘러 몸을 뒤로 움직였다. 직접적인 공격은 피해 냈지만, 뿜어져 나오는 기운에 휩쓸린 적련화가 다시금 팔을 들어 올려 몸을 보호했다.

피잇.

소리와 함께 그녀의 팔뚝에서 피가 줄줄 흘러내렸다.

다시금 움직이려는 백아린을 향해 적련화가 빠르게 공격을 펼쳤다. 그녀의 손바닥에서 뻗어져 나간 장력이 백아린이 발을 노렸다.

퍼엉!

물보라가 이는 사이로 백아린이 아무런 타격도 입지 않고 재빠르게 다른 곳에 착지한 채로 균형을 잡았다.

그런 백아린의 뒤편에는 천무진이 누운 채로 자리하고 있는 커다란 나무판자가 흔들리고 있었다.

이처럼 공격을 펼치는 와중에도 백아린은 천무진에게 향할 수 있는 모든 길목을 완벽하게 막아서고 있는 것이다.

혹시라도 적련화가 천무진을 노리고 재차 뭔가를 벌이려 하는 걸 막기 위해서였다.

확실치 않지만…… 천무진을 조종하기 위해서는 뭔가가 필요한 듯 보였다.

그리고 그런 백아린의 예상은 정확했다.

적련화는 품 안에 감춰 둔 자그마한 통 하나를 확인했다. 바다에 빠지고, 백아린의 공격을 당하는 와중에도 다행히 이 통은 멀쩡한 상태였다.

천무진은 아직 완벽하게 적련화의 손에 들어오지 않았다. 그랬기에 그를 원하는 대로 움직이기 위해선 아직까지 이 통 안에 든 가루의 힘이 필요했다.

보름, 딱 보름이면 됐다.

그 시간만 있었다면 굳이 이런 가루가 없어도 천무진을 마음대로 조종할 수 있었을 텐데…….

물에 젖은 붉은 면사가 얼굴에 잔뜩 달라붙었다. 억지로 그걸 떼어 낸 적련화의 시선이 백아린의 뒤편에 있는 천무진에게로 향했다.

도망치는 걸 실패한 이상 다시금 남은 방법은 천무진을 이용하는 것밖에 없었는데…… 문제는 백아린이 결코 그걸 용납하지 않을 거라는 거다.

완벽하게 막아선 채로 천무진에게 향할 모든 움직임을 사전에 방어할 것이다. 그리고 아쉽게도 지금 적련화나, 살아 있는 수하들 중에는 백아린을 방해하거나 그녀의 방어를 뚫어 낼 정도의 실력자가 없었다.

가장 고수인 적련화조차도 백아린의 공격을 받아 내는 것만으로 버거울 정도니 다른 이들은 말해 무엇 하랴.

적련화는 혹시나 하는 마음에 재차 장력을 뿜어냈다.

파앙!

허나 백아린은 아무렇지 않게 날아드는 공격을 대검으로 받아 냈다.

쿠웅.

그녀의 몸이 흔들리며 주변으로 물길이 다소 치솟긴 했지만 그뿐이었다. 백아린은 곧게 선 채, 대검을 이용해 주변으로 퍼져 나가는 모든 기운들을 방어했다.

혹시라도 그녀가 조금이나마 밀려져 나가면 당장이라도 천무진에게 달려가려던 적련화는 결국 그 계획을 머릿속에서 지워야만 했다.

적련화의 공격을 받아 낸 백아린이 중얼거렸다.

"이해가 안 되네. 너 정도가 어떻게 천 공자를 이렇게 만들었는지."

실력이 나쁜 건 아니었다.

하지만 천무진과 적련화는 급 자체가 달랐다. 제아무리 뛰어난 섭혼술을 지니고 있다 한들, 그녀 정도의 무위를 가진 이의 기술이 천무진에게 먹힐 것 같지는 않았다.

그리고 또 하나 이상한 점이 있었다.

만약 자신의 생각과 달리 그처럼 큰 실력 차이가 있음에도 불구하고 천무진을 조종할 정도의 섭혼술이 가능하다면…… 그걸 왜 자신에게는 사용하지 않는 것일까?

섭혼술에 능한 인물이라면 자신에게 이처럼 무공으로 승부를 보려고 한다는 것 자체가 이상한 일이었다.

순간 하나의 가정이 머릿속에 떠올랐다.

저 여인의 섭혼술이 자신에게는 통하지 않는 거라면? 그렇다면 그 섭혼술이 천무진에게만 통한다는 말이 되는데…….

'그게 가능한 일인가?'

사내에게만 통하는 섭혼술의 일종일 수도 있겠지만, 미색 정도로 어떻게 하기엔 천무진이라는 상대가 너무도 강했다.

백아린이 아무리 생각을 해도 천무진이 당한 이유를 납득하지 못하고 있는 그때.

눈을 굴리며 이 난관을 타개하려 고심 중인 적련화의 마음은 복잡해질 수밖에 없었다.

상대가 좋지 못했고, 아군의 도움을 기대할 수도 없는 상황이었다.

그렇다면 결국 이렇게 최후를…….

그 순간이었다.

아래를 바라보는 순간 붉은 면사 뒤편에 감춰진 적련화의 눈동자가 흔들렸다.

이 상황을 벗어나기 위해선 결국 천무진을 조종해야만 한다. 그것이 아니라면 결코 빠져나갈 방법이 없었다.

허나 직접적으로 천무진에게 다가갈 수 없는 지금.

통 안에 숨겨진 가루를 통해 효과를 볼 만한 딱 하나의 방법이 있었다.

그건 바로…… 파도였다.

얼마나 효과를 볼지, 성공할지 장담할 순 없었지만, 지금으로선 가장 확률 높은 도박이라 볼 수 있었다.

어떻게든 목숨을 부지한 채로 싸움을 이어 간다.

그리고 쓰러진 척하며 슬그머니 파도를 통해 이 통 안에 담긴 가루를 천무진에게로 흘려보낸다.

그리고 파도의 움직임을 이용해 그 가루가 천무진에게 닿게 만들 수만 있다면…….

'……아직 기회는 남아 있어.'

적련화의 눈동자가 빛났다.

〈다음 권에 계속〉

『제왕록』, 『무림에 가다』 시리즈의 작가 박정수
그가 거침없는 현대 판타지로 돌아왔다!

『신화의 전장』

주먹을 믿지 마라.
우리가 살아가는 이 땅에 인간을 벗어난 자들이 존재한다.

dream
books
드림북스

사도연 판타지 장편소설

ORIGINAL FANTASY STORY & ADVENTURE

『용을 삼킨 검』, 『신세기전』 사도연 작가의 신작!

『두 번 사는 랭커』

여러 차원과 우주가 교차하는 세계에 놓인 태양신의 탑, 오벨리스크.
그리고 그곳에 오르다 배신당해 눈을 감아야 했던 동생.
모든 걸 알게 된 연우는 동생이 남겨 둔 일기와 함께
탑을 오르기 시작한다.

dream books
드림북스